中华民族历史上经历过很多磨难,但从来没有被压垮过,而是愈挫愈勇,不断在磨难中成长、从磨难中奋起。

——习近平

2020
中国战"疫"日志

第二辑

2020.02.24-04.08

本书编辑组

目　录

2月24日 · "冰封"的武汉开始融化了 3

2月25日 · 尽力治愈，常常帮助，总是安慰 7

2月26日 · 我们在珞珈山等你 10

2月27日 · 来自武汉的报恩 13

2月28日 · 一场特殊的"战地婚礼" 17

2月29日 · 人间烟火气，最抚凡人心 22

3月1日 · 疫情不退，警察不退 25

3月2日 · 火线入党，是激励更是责任 29

3月3日 · 人民需要什么，我们就生产什么 32

3月4日 · 最终战胜疫情，关键要靠科技 36

3月5日 · 夜空中最亮的星 40

3月6日·这些光、这些热、这些希望……………………………44

3月7日·大喇叭开始广播啦！……………………………………47

3月8日·"她是我们最好的节日礼物！"……………………51

3月9日·生日愿望很快就能实现了……………………………55

3月10日·"武汉必将再一次被载入英雄史册！"………60

3月11日·休舱，愿后会无期……………………………………65

3月12日·我们愿和意大利人民坚定地站在一起……………69

3月13日·"我爱你，有所求"……………………………………74

3月14日·记者，记着……………………………………………79

3月15日·一次特殊的班会………………………………………82

3月16日·"老外"不"见外"……………………………………87

3月17日·谢谢你们，为我们拼过命……………………………92

3月18日·病毒是人类共同的敌人………………………………97

3月19日·在这长大的日子里……..101

3月20日·亚当子孙皆兄弟，兄弟犹如手足亲............................106

3月21日·美丽的后续..112

3月22日·这群年轻的"国门守护"志愿者............................116

3月23日·人类的探路者..123

3月24日·有光明，就意味着希望..129

3月25日·武汉公交车发车了！..133

3月26日·携手赢得这场人类同重大传染性疾病的斗争............................138

3月27日·卫星眼中的人类命运共同体..144

3月28日·今天凌晨，K81次列车抵达武汉！..147

3月29日·康复驿站里的温情故事..150

3月30日·就业服务不打烊..153

3月31日·"这次，我来做一名医生！"..158

4月1日·晒出万张窗前春光 162

4月2日·留学生，你的背后有祖国 168

4月3日·火神山医院的守护人 174

4月4日·这一刻，举国同悲！举国同心！举国同进！ 177

4月5日·战斗到最后一刻 182

4月6日·服务全球抗疫的"云上医院" 186

4月7日·致敬英雄的武汉人民 190

4月8日·武汉，重启 197

编者的话 204

致 谢 206

写在前面

中国愿与世界一起,守望相助,共同战"疫"!

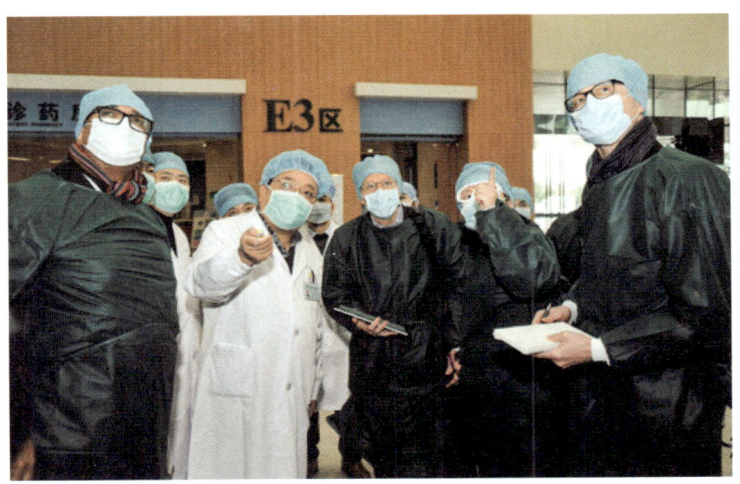

2月23日,中国—世界卫生组织新冠肺炎联合专家考察组在武汉同济医院(光谷院区)现场调研。

2月24日,中国—世界卫生组织新冠肺炎联合专家考察组在结束对中国为期9天的考察后,在北京举行了新闻发布会,介绍考察情况以及对中国及全球疫情防控的建议。

会上,考察组外方组长、世卫组织总干事高级顾问布鲁斯·艾尔沃德在发言最后说:"我们要认识到武汉人民所做出的贡献,世界亏欠你们!我想当这场疫情过去的时候,希望有机会代表世界再一次感谢武汉人民。"

听到此句,台上负责翻译的女孩一时哽咽。

举国战"疫",抉择、牺牲、坚守、担当,一切还历历在目。"面对前所未知的新型病毒,中国采取了历史上最勇敢、最灵活、最积极的防控措施。"

中国做了什么？

"正是由于中国采用了全政府、全社会的这一经典传统、看似古老的方法，避免了少则万余，多则数十万病例的出现，这是了不起的成就。"

艾尔沃德博士所说的"古老的方法"，是古今中外人类在应对瘟疫时通常采取的应对措施：控制传染源、切断传播途径、保护易感人群。这些"古老的方法"在人口超过14亿的中国再次实现，它的背后是国家决策的当机立断，是举国人民的众志成城。

"这样的成绩来之不易，因为这些流行病学的曲线，其背后在每一条线上都是一个了不起的政策决定，都是中国的领导人了不起的决定，做决策很难，指导公众按照这样的决策去执行也不易，比如交通管制措施、比如居家隔离措施，诸如此类才实现了这样的曲线。这也是为何说中国每一个公民都为此做出了贡献。"

"这真的是一种全政府、全社会，你甚至想象不到的一种乌托邦式的集体意愿。"

当前中国国内已呈现疫情防控形势持续向好、生产生活秩序加快恢复的态势。而世界疫情发展却越发严重复杂。此时，中国能为世界做些什么？

中国能回馈世界人民的，不仅仅是医疗物资，还有更重要的东西：十几亿人和病毒鏖战一个多月总结出的宝贵抗疫经验。"世界需要中国的经验来应对这场疫情。在新冠肺炎的应对方面，中国是世界上掌握最多知识的国家，并且成功地实现了其转身、遏制和扭转。"

3月26日，国家主席习近平在北京出席二十国集团领导人应对新冠肺炎特别峰会并发表题为《携手抗疫，共克时艰》的重要讲话。他说："重大传染性疾病是全人类的敌人。新冠肺炎疫情正在全球蔓延，给人民生命安全和身体健康带来巨大威胁，给全球公共卫生安全带来巨大挑战，形势令人担忧。当前，国际社会最需要的是坚定信心、齐心协力、团结应对，全面加强国际合作，凝聚起战胜疫情强大合力，携手赢得这场人类同重大传染性疾病的斗争。"

新冠肺炎疫情的发生再次表明，人类是一个休戚与共的命运共同体。在这个时刻，只有放下偏见、携手应对，才能战胜人类共同的敌人。作为一个有担当的大国，中国有经验、有意愿也有责任，与世界一起，守望相助，共同战"疫"。

2020中国战"疫"日志

2月24日　中国·武汉

◎ 2月24日,中共中央政治局常委、国务院总理、中央应对新冠肺炎疫情工作领导小组组长李克强主持召开领导小组会议,推动武汉市进一步加强防疫和救治工作,部署落实分区分级差异化疫情防控策略。

◎ 2月24日下午,中央指导组来到同济医院主院区远程会诊中心,与北京、上海和军队等援湖北医疗队专家会商,听取他们在诊疗方法、有效药物筛选、紧缺医疗设备保障等方面的意见建议。

◎ 2月24日下午,十三届全国人大常委会第十六次会议决定:适当推迟召开第十三届全国人民代表大会第三次会议,具体开会时间由全国人民代表大会常务委员会另行决定。

◎2月24日下午,十三届全国人大常委会第十六次会议表决通过了《关于全面禁止非法野生动物交易、革除滥食野生动物陋习、切实保障人民群众生命健康安全的决定》。决定自公布之日起施行,其效力等同于法律。

◎中国－世界卫生组织联合专家考察组在北京举行新闻发布会,认为中国采取了前所未有的公共卫生应对措施,在减缓疫情扩散蔓延,阻断病毒的人际传播方面取得明显效果,已经避免或至少推迟了数十万新冠肺炎病例。

"冰封"的武汉开始融化了

武汉"封城"33天,当地一名小学生用画笔画下了心中的武汉。(新华社/图)

"我觉得封城给我的印象,就像一块冰把武汉冻住了。不过,有许多人已经用自己的体温,去融化这块冰。"五年级的小朋友程彦逢用这样的语言去描述武汉"封城"的日子。

昨日召开的统筹推进新冠肺炎疫情防控和经济社会发展工作部署会议,采用了一种特殊的方式:会议以电视电话形式召开,共有17万人参加,可以说是中国有史以来规模最大的一场电视电话会议。参会规模庞大可以说明三点:一是会议内容非常重要,二是会议内容非常紧急,三是会议内容不再以文件传达的方式层层转发,以减少中间层级的信息消减和曲解。习近平总书记在北京讲话，所有分会场直接听原声、见真人。

在这次会议上，习近平总书记强调，经过艰苦努力，目前疫情防控形势积极向好的态势正在拓展。实践证明，党中央对疫情形势的判断是准确的，各项工作部署是及时的，采取的举措是有力有效的。防控工作取得的成效，再次彰显了中国共产党领导和中国特色社会主义制度的显著优势。

总书记接下去说："在这里，我代表党中央，向全国广大党员、干部、群众，特别是湖北和武汉广大党员、干部、群众，致以诚挚的问候！

"向奋战在疫情防控第一线的广大医务工作者、人民解放军指战员、各条战线的同志们，表示崇高的敬意！

"向港澳台同胞、海外侨胞，表示衷心的感谢！

"向为我国疫情防控工作提供各种支持的国家、国际组织、友好人士，表示诚挚的谢意！

"向在抗击疫情中不幸罹难的同胞、牺牲的医务人员，表示深切的悼念！

"向正在同病魔作斗争的患者及其家属、因公殉职人员家属、病亡者家属，表示诚挚的慰问！"

这是总书记的敬意、谢意和心意。

谢谢你们，向每一位用自己的体温融化这块坚冰的英雄致敬！

（本文主要编选自新华社等相关报道）

2月25日　中国·武汉

◎ 中共中央总书记、国家主席、中央军委主席习近平近日对全国春季农业生产工作作出重要指示强调，越是面对风险挑战，越要稳住农业，越要确保粮食和重要副食品安全。

◎ 2月25日，国家主席习近平应约同阿联酋阿布扎比王储穆罕默德通电话。习近平指出，在中国全力抗击新冠肺炎疫情的紧要关头，王储殿下第一时间公开支持中方抗疫努力，阿联酋政府和人民多次向中方提供医疗物资帮助，这充分体现了中阿风雨同舟的深厚友谊和两国全面战略伙伴关系的高水平，我对此表示感谢和赞赏。穆罕默德代表阿联酋政府和人民对中国人民遭遇新冠肺炎疫情表示诚挚慰问，对中方采取有力措施应对疫情表示高度赞赏。

◎ 2月25日，国家主席习近平应约同埃塞俄比亚总理阿比通电话。习近平指出，在中国人民抗击新冠肺炎疫情的重要关头，总理先生两次来信表达慰问并同我通电话，体现了中埃两国作为全面战略合作伙伴的深厚情谊和相互支持。埃方根据世卫组织建议同中方保持正常联系和交往，展现了对中方的信任，我们对此表示赞赏。阿比代表埃塞俄比亚政府和人民对中国人民遭遇新冠肺炎疫情表示诚挚慰问，对中方采取有力措施应对疫情表示高度赞赏。

◎ 2月25日，国务院总理李克强主持召开国务院常务会议，推出鼓励吸纳高校毕业生和农民工就业的措施；确定鼓励金融机构对中小微企业贷款给予临时性延期还本付息安排，并新增优惠利率贷款；部署对个体工商户加大扶持，帮助缓解疫情影响纾困解难。

◎ 2月25日，中央指导组专门看望慰问感染新冠肺炎的医务人员。中共中央政治局委员、国务院副总理孙春兰视频连线同济医院、协和医院、中南医院感染新冠肺炎的医务人员，详细询问他们的身体健康状况，转达党中央、国务院对他们的关心和慰问，希望他们安心养病、坚定信心，争取尽早康复。

尽力治愈，常常帮助，总是安慰

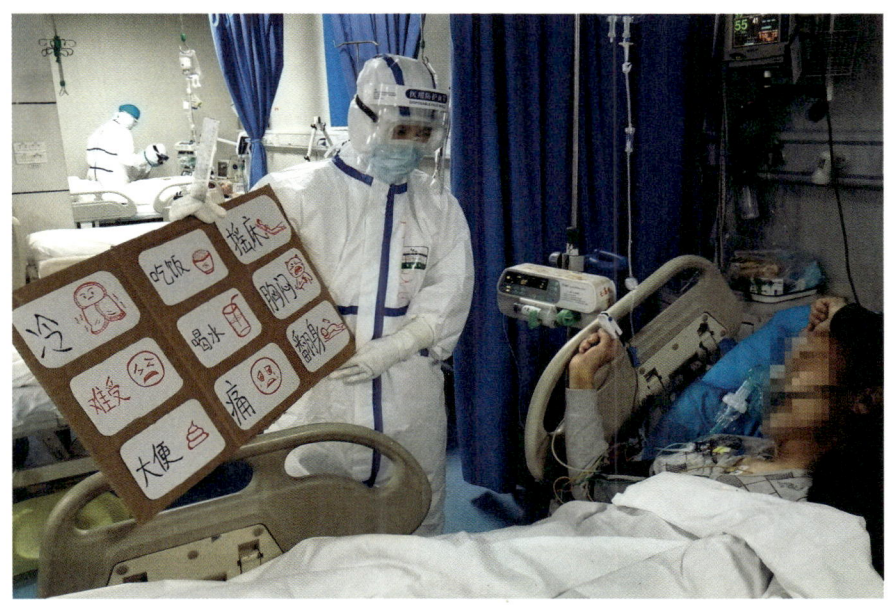

陈钰浠自制的"图解版护理需求表"（罗昭淦 摄）

陈钰浠是江西第一批援鄂医疗队的一名队员，她在武汉市第五医院重症监护室支援。这里都是危重症患者，基本要靠气管插管维持呼吸，不能说话。偶尔有能说话的病人，又因方言障碍，沟通起来很费劲，不仅耽误时间，也容易造成误会。

陈钰浠想到一个办法来解决问题。她利用废旧纸壳手绘"图解版护理需求表"：吃饭的图标就是"一碗大米饭"，难受就是"皱眉"表情，胸闷就是"捂胸"动作，翻身就是一个旋转的箭头……既有文字又有图案，红黑双色十分清晰。这些都是陈钰浠在日常护理中总结出来的常用词汇，患者可以通过指认文字或图画来表达自己的状况。同事们试用后也纷纷反馈"很实用"，并戏称这是"点菜式"护理。

在武汉儿童医院新冠肺炎患儿隔离病房，不少患病住院的小朋友在见到被防护服层层包裹的医护人员时，第一反应是害怕和抗拒。护士王佳平时很喜欢画画，她灵机一动，想到在防护服上画卡通画，让小朋友们减轻恐惧感。在她的提议下，病区里的很多医务人员都会在换上防护服后，抽空画一幅孩子们喜欢的卡通人物画，邀请他们涂色。渐渐地，小朋友们对治疗也更加配合了。

北京中医院主管护师蔡卫敏注意到她病区的一些新冠肺炎重症患者，住院时间长了，情绪有些低落。最近武汉的气温回暖，蔡卫敏就去驻地采一些小花，消毒后挨个送到患者手里。用这种方式她把春天带进了隔离病房。

火神山医院里，年迈的阿婆与病毒作战，身心煎熬，不愿吃饭。陆军军医大学第一附属医院支援湖北医疗队的毛青医生严厉地"批评"了她一顿。"人是铁饭是钢！不吃饭就没营养了，怎么回去遛你的小狗狗！"说话之余，他不忘给阿婆压压被角，并用一个93岁患者病情好转的故事鼓励阿婆。阿婆果然吃这一招，听完后心情好了很多，也愿意吃饭了。

患者胡子、头发长了，帮忙理一理；患者是聋哑人沟通不畅，自学手语……用心、用情、用理，防疫一线的医护人员们努力做到"尽力治愈，常常帮助，总是安慰"。

（本文主要编选自新华社、中国新闻社、中央纪委国家监委网站等相关报道）

2月26日｜中国·武汉

◎ 2月26日，中共中央政治局常务委员会召开会议，听取中央应对新型冠状病毒感染肺炎疫情工作领导小组汇报，分析当前疫情形势，研究部署近期防控重点工作。中共中央总书记习近平主持会议并发表重要讲话。习近平指出，当前全国疫情防控形势积极向好的态势正在拓展，经济社会发展加快恢复，同时湖北省和武汉市疫情形势依然复杂严峻，其他有关地区疫情反弹风险不可忽视。越是在这个时候，越要加强正确引导，推动各方面切实把思想和行动统一到党中央决策部署上来，加强疫情防控这根弦不能松，经济社会发展各项工作要抓紧。

◎ 2月26日下午，中央指导组召开视频会议，指导督导加强武汉以外湖北其他市州患者救治工作。中共中央政治局委员、国务院副总理孙春兰听取了湖北孝感、黄冈、荆州等8个市州相关情况汇报，详细了解各市州患者救治工作进展和困难。

我们在珞珈山等你

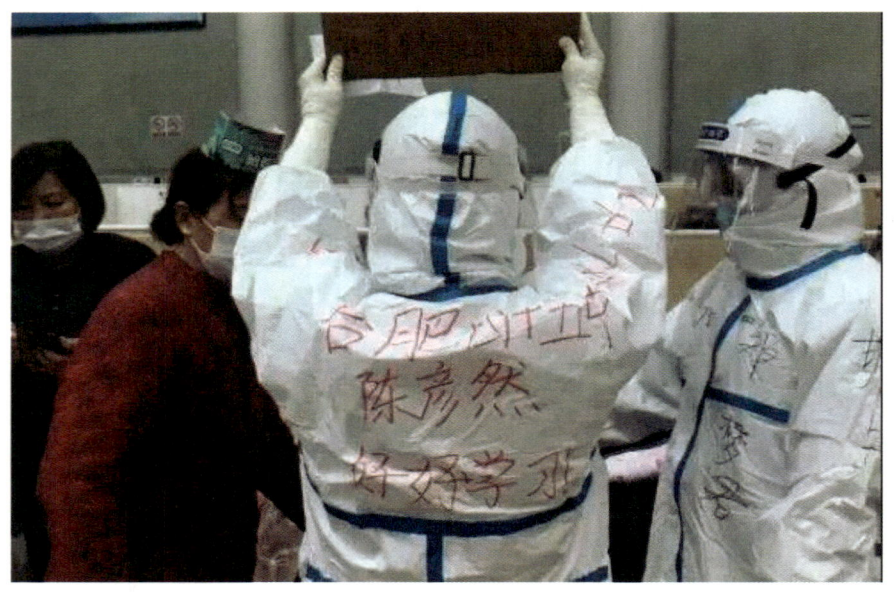

来到武汉后,因为没有时间和女儿通话,周国红把对女儿的要求写在了自己的防护服上。

武汉方舱医院里,一位医护人员的防护服上写着对孩子的期盼——"合肥四十五中陈彦然,好好学习"。

她是安徽第三批援鄂医疗队成员、合肥京东方医院护士周国红。经历了2003年SARS和2008年汶川地震的医疗救援,周国红再次冲上抗击新冠肺炎疫情的一线。得知母亲要赴武汉支援时,12岁的女儿陈彦然哭了,周国红对女儿说:"你要读武汉大学对不对?你一直都喜欢武汉大学。武汉现在生病了,如果我不去治疗她,将来你就没有学校可以去读了。"

今天,武汉大学校长窦贤康院士在"学习强国"学习平台上看到了有关周国红护士的报道,立即给她的女儿陈彦然同学写了一封信。在信中，窦校长对陈彦然的母亲以及全体援鄂医护人员和他们的家属们表示崇高的敬意。他跟陈彦然同学说："武汉大学具有深厚的底蕴，培养了一批批为天地立心、为生民立命的优秀校友，他们践行'自强、弘毅、求是、拓新'的校训，为国家富强、民族复兴、人民幸福贡献着武大力量。我真诚地希望，你能够实现梦想，成为他们中的一员。"

窦校长在最后写道："虽然现在这场战'疫'还没有结束，但是我相信，在你的母亲和全体医护人员的共同努力下，我们终将取得胜利。疫情过后，欢迎你们全家来美丽的东湖之畔做客。希望你刻苦学习，几年后如愿'常驻'珞珈山，我们在这里等你。"

周国红护士没有想到自己向孩子的"隔空"喊话引来这么多人关注，她更没有想到，武汉大学校长竟然亲自给孩子写了鼓励的信。周国红说："我只是一个普通的医者，治病救人是职责，国泰民安是我作为一个普通人朴素的愿望。孩子看到窦校长写给自己的信，说要更加努力学习，终有一天实现自己的梦想。她也叮嘱我好好救人，平平安安回家。"

（本文主要编选自"学习强国"等相关报道）

2月27日 日本

◎ 2月27日，国家主席习近平在人民大会堂同蒙古国总统巴特图勒嘎会谈。习近平欢迎巴特图勒嘎总统在蒙古国传统佳节白月节假期后的第一天就来华访问，并向蒙古国人民致以节日问候。习近平指出，当前，中国政府和中国人民正全力抗击新冠肺炎疫情，这当中得到了蒙古国政府和人民的宝贵支持和帮助。总统先生作为疫情发生后首位访华的外国元首，专程来中国表达慰问和支持，充分体现了总统先生和蒙方对中蒙关系的高度重视和对中国人民的深厚情谊，是中蒙两个邻国守望相助、同舟共济的生动诠释，我对此表示赞赏。巴特图勒嘎代表蒙古国政府和人民对中国人民遭遇新冠肺炎疫情表示诚挚慰问，对中方坚持以人为本，及时建立联防联控机制，举国上下团结一心应对疫情并取得积极成效表示高度钦佩和赞赏。

◎ 2月27日，中共中央政治局常委、国务院总理、中央应对新冠肺炎疫情工作领导小组组长李克强主持召开领导小组会议，进一步部署降低病亡率和保障生活必需品供应，要求细化重点人群疫情防控措施，加强防控国际合作。

来自武汉的报恩

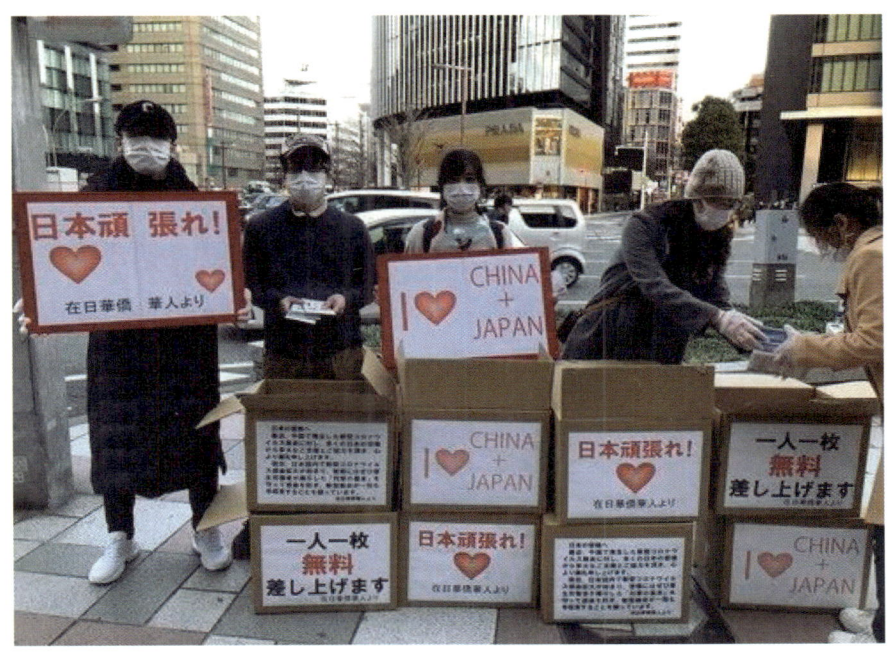

在日本名古屋,华人华侨免费向当地民众发放口罩。(活动举办方/图)

在东京街头,一个头戴小鹿玩偶头套的女孩,手捧纸箱,不断从里面掏出口罩,免费分发给路人……一些行人双手接过口罩并用中文对她说"谢谢"或者"加油"。在纸箱上写着一行日文:"来自武汉的报恩"。

这个女孩名叫曾颖,是一名在日本生活了10年的福建人,毕业于日本早稻田大学,目前定居东京,拥有一家自己的创业公司。

新冠肺炎疫情暴发后,曾颖联系上公司的几个大客户,希望他们能给予武汉一些帮助。但这些公司的回复让她很惊讶。

"原来他们早就给武汉捐赠了,只不过没有公开宣传。他们还跟我用了一个词：报恩。他们都说自己公司业务能做这么大，全靠中国市场和中国游客给他们的支持，所以他们第一时间就给武汉捐赠了物资，是要报恩。"

过去一个月来，生活在东京的曾颖确实感受到了日本民众对于武汉的关心，不同层面的群体都在为武汉募捐，她也看到了太多让人泪目的动人瞬间，比如日本小女孩在街头为武汉募捐，每收到一份捐赠就深深鞠上一躬。

但她也发现，随着疫情在日本的蔓延，日本国内的医疗物资也日趋紧张，"街上三分之二的人都没有戴口罩，不是他们不想，而是买不到了，所有店里的口罩都卖空了。"

曾颖说，在中国所受的教育教会了她"投我以桃，报之以李"，而在日本生活的经历则教会了她"不要害羞去做任何一件善良的事情"。所以她想帮一帮那些帮助了中国的日本人。

于是，曾颖在海外网站自费购买了500个口罩，又得到了一位华人女企业家的帮助，凑足1000个口罩，准备免费发给日本市民。

为什么要在箱子上写"来自武汉的报恩"？

曾颖说，从疫情暴发那一刻起，所有的中国人都是武汉人，大家都在感受武汉的悲伤和坚强，"武汉人牺牲了一座城市，换回了全世界的安全，他们是英雄。今天，所有人都在打同一场战役，只不过武汉站到了最前线。"

针对新冠肺炎全球蔓延的形势，中国在努力抗击本国疫情的同时，还尽己所能，积极向其他受疫情影响的国家提供支持和帮助，分享自己在抗击疫情中积累的有益经验和做法。疫情不分国界。正如新罗旅唐学者崔致远所写的"道不远人，人无异国"，在疫情面前，不分异国他邦，大家是守望相助的命运共同体。

（本文主要编选自《湖北日报》、新华社等相关报道）

2月28日　中国·武汉

◎ 2月28日晚，国家主席习近平应约同古巴国家主席迪亚斯－卡内尔通电话。习近平指出，新冠肺炎疫情发生后，劳尔第一书记和你在第一时间向我致电表示慰问，你还专程赴中国驻古巴使馆表达对中方的支持，这充分体现了中古深厚的传统友谊。迪亚斯－卡内尔表示，古方高度赞赏并坚定支持中方抗击疫情的努力，感谢中方为在华古巴公民提供的帮助与照顾。中方面对严峻疫情挑战，举国上下团结一心，迅速采取有力措施，逐步取得积极成效，充分展现了强大组织动员能力，彰显了社会主义制度的巨大优势。

◎ 2月28日晚，国家主席习近平应约同智利总统皮涅拉通电话。习近平指出，这次新冠肺炎疫情，是新中国成立以来发生的传播速度最快、感染范围最广、防控难度最大的一次重大突发公共卫生事件。疫情发生后，我亲自指挥部署，全国上下万众一心、同舟共济，采取了最全面、最严格、最彻底的防控举措。经过艰苦努力，疫情防控形势积极向好的态势正在拓展。我们完全有信心、有能力、有把握打赢这场疫情防控阻击战。

皮涅拉代表智利政府和人民对中国人民遭遇新冠肺炎疫情表示诚挚慰问，对中国人民团结一心抗击疫情表示坚定支持。

◎ 2月28日，中共中央政治局常委、国务院总理、中央应对新冠肺炎疫情工作领导小组组长李克强赴国家新冠肺炎药品医疗器械应急平台考察。他强调，要贯彻习近平总书记重要讲话精神，按照中央应对疫情工作领导小组部署，抓住当前急需的关键环节，更大力度开展医疗科技攻关，力争在高效检测试剂、有效药物和疫苗等方面尽快取得更大突破，为战胜疫情增添利器。

◎ 2月28日，国务院新闻办公室在武汉举行新闻发布会。据介绍：武汉定点医院收治的重症患者治愈比例从14%提高到64%；武汉新增的每日病例数由最高峰2月13日的3910例，下降至2月27日的313例；武汉新增治愈病例从2月20日起已连续8天超过新增确诊病例数；武汉市病亡率从1月26日的最高点9.0%下降到现在的4.4%。

一场特殊的"战地婚礼"

一束玫瑰花点缀了"战地婚礼"

"把防护服当作婚纱,待到花开登鹤楼,再看长江水东流。我宣布,于景海先生与周玲亿小姐结为伉俪!"

今天下午5时许,在上海第八批支援湖北医疗队总领队张继东的证婚词中,一对战"疫"护士在抗击新冠肺炎的最前线——雷神山医院,喜结连理。

这对新人来自上海交通大学医学院附属仁济医院,新郎是肝移植监护室的于景海护士,新娘是消化科的周玲亿护士。他们原定于2月14日情人节领证,2月28日举办婚礼。突如其来的新冠肺炎疫情彻底打乱了他们的计划，领证和婚礼不得不被"叫停"，两人携手驰援武汉，并肩"作战"。

蒙在鼓里的新人并没想到被取消的婚礼能"如期"举行，而且还是这样一场特殊的"战地婚礼"。这份惊喜是他俩的故事被雷神山医院院方得知后，临时决定策划的，想帮他们实现愿望，弥补遗憾。

婚礼在雷神山医院一处办公区的空地上举行，天空飘着小雨，板房上挂着红色的气球，电视屏幕上滚动播放着医疗队和后方仁济医院领导、同事们提前录制好的祝福，有连夜赶制的漫画、快闪短片等。

一份写着"新婚快乐"的水果蛋糕摆在桌子上，玫瑰花束的卡片上则写着"白首齐眉、鸳鸯比翼"。简单又隆重的婚礼现场布置完毕，仪式被定在了大家为新人挑选的良辰吉时17点08分举行。全国12支医疗队代表作为亲友团参与。

仪式开始后，雷神山医院王行环院长和新郎于景海先出场，张继东队长作为娘家人，带着新娘走过长长的通道，来到新郎旁边。

没有婚纱，没有红毯，礼堂是抗"疫"前线的医院，礼服是所属医院的队服，戒指是用彩带编织的指环。

俩人全程戴着口罩，新郎手拿鲜花，单膝跪地："老婆，嫁给我吧"，笑得眉眼弯弯的周玲亿接过玫瑰，连声回答："我愿意，我愿意"。

"今天，雷神山医院是又娶媳妇又嫁女儿。"王行环说，"我参加过数不清的婚礼，这是我见证过的最简单的婚礼，也是最特别的婚礼。"他向两人表示祝贺，还送上了特制的新婚祝福卡——雷神山版结婚证。

不到 20 分钟，这场特殊的婚礼仪式便结束了。仪式结束后，因为还要值夜班，周玲亿准备马上回驻地休息了。接下来他们将继续坚守在自己的岗位上，奋战在雷神山医院抗击疫情的第一线。

（本文主要编选自《北京青年报》、《人民日报》、中国新闻社等相关报道）

2月29日　中国·武汉

◎ 2月29日下午，中共中央政治局委员、国务院副总理孙春兰率中央指导组来到军事医学前方专家组驻地和华中科技大学，考察疫情防控科研攻关情况，强调要以一线疫情防控救治为导向，坚持科研攻关与临床救治、防控实践紧密结合，不断提高防控救治能力。

◎ 2月29日，湖北省新闻发布会上，武汉市副市长徐洪兰介绍，目前武汉市政府的粮、油、盐等主要生活物资储备均在一个月以上，市场供应品种丰富、库存充足，能够保障全市人民的基本生活需求，全市的生活物资供应保障总体平稳。

◎ 据国家卫健委通报，截至2月28日24时，31个省（自治区、直辖市）和新疆生产建设兵团报告现有确诊病例37414例，累计治愈出院病例39002例，累计治愈出院病例首次超过现有确诊病例。

◎ 2月29日，国家卫健委发布《中国－世界卫生组织新型冠状病毒肺炎（COVID-19）联合考察报告》，公布了对新冠肺炎的最新研究结果与应对措施。

◎ 2月29日，中国红十字会志愿专家团队抵达德黑兰，支援伊朗新冠肺炎疫情防控工作。

人间烟火气，最抚凡人心

社区工作人员和公司员工打包分装新鲜活鱼（《人民画报》 马耕平 摄）

"莲藕很新鲜，晚上要煨藕汤喝。"丹水池街丹东社区居民齐军，从社区居委会副主任郭琼手中，接过16斤新鲜蔬菜包，连声道谢。

湖北盛产藕，湖北人爱吃藕。冬天如果没喝上一口热腾腾的莲藕汤，总归是少了点什么。

2月11日，武汉开始实行小区封闭管理，如何购买到每日餐桌上需要的食材成为武汉市民的一大难题。为满足当地居民基本生活需求，武汉市商务局先后推出商超团购套餐、10元10斤蔬菜包、"政府储备冻猪肉特价包"等各项便民保供政策。

早上6：00，菜农熊华成已经开始下田挖藕。挖藕30多年的熊华成，从2月6日到现在一直没回过家，每天早上6点到下午6点，可以挖藕1500斤。

早上8:30，马驿湖大队西蓝花种植基地里，49岁的宋学恩正在采摘西蓝花。他的西蓝花地有200多亩，一天采摘10个小时，能采摘2000多斤，从春节到现在，没有休息过。

早上11:30，楚河莲藕种植基地分拣中心，工人们将运回的莲藕清洗干净，将西蓝花多余的茎杆去掉，一起打包装袋。

中午12:10，246份蔬菜装车后，熊任权和司机顾不上吃饭，驱车前往市区。供货最多的时候，熊任权要向20多个社区配送蔬菜。每天5点30分起床，晚上10点钟将当天的工作忙完。

下午13:50，驱车80公里，满载蔬菜的车辆到达第一站——江岸区丹水池街丹东社区。岔马路消防救援站4名消防员帮助将130份蔬菜卸下。29岁的消防员尤华威说，居民团购蔬菜送达时，只要当时没有任务，他们都会前来帮忙搬运。

下午14:30，拿到蔬菜包的居民钟永珍很开心。这袋蔬菜，她和老伴可以吃三四天。

当天，熊任权和司机程勋还往滨江苑、花惠等6个社区配送了蔬菜。当晚，这批新鲜蔬菜摆上了不少武汉市民的餐桌。

不仅仅是西蓝花、莲藕，还有白萝卜、土豆、猪肉、鲜鲫鱼……特殊时期，虽然不能如平日般应有尽有，但努力保证餐桌上能有那一罐鲜醇香美的莲藕汤，希望这人间烟火气，能抚慰凡人心。

（本文主要编选自《长江日报》等相关报道）

3月1日　中国·湖北

◎ 3月1日下午，中共中央政治局委员、国务院副总理孙春兰组织中央指导组，召开支援湖北340多支医疗队代表视频会议，强调进一步加强支援湖北医疗队工作，发挥医务人员火线上的中流砥柱作用，坚决打赢武汉保卫战、湖北保卫战。

◎ 3月1日下午，武汉市硚口武体方舱医院34名患者痊愈出院。其他76名患者将进行转诊处理，转诊完毕后，硚口武体方舱医院将进行"休舱"处理，不再接收患者。这是武汉市首家"休舱"的方舱医院。

疫情不退,警察不退

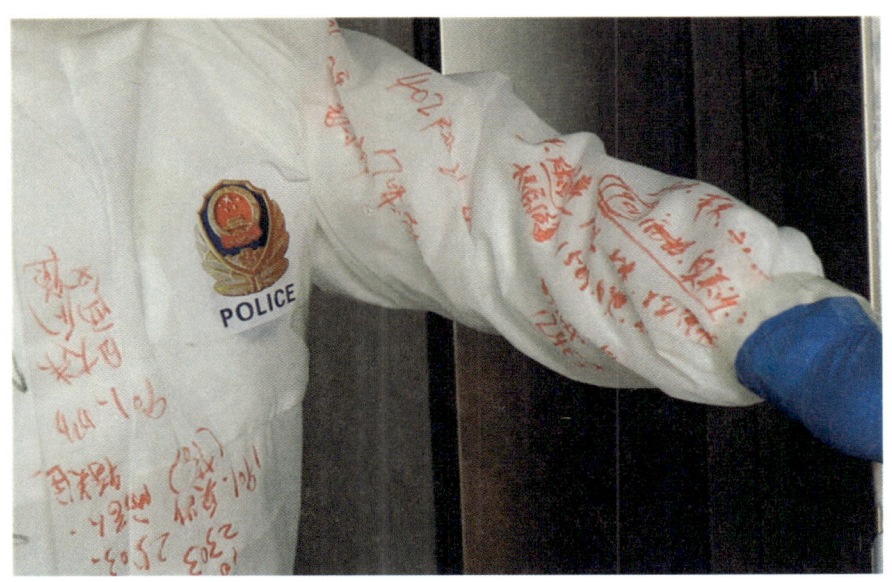

代睿帮助居民运送物资(湖北荆州市公安局/图)

"1901张师傅的酒精、降压药奥美沙""1501刘姐的电池、奶粉"……白色防护服的肩上、腿上、袖子上,写满了歪歪扭扭、大小不一的字,全是群众所需购买的物资。穿着这件防护服的人,名叫代睿,是湖北荆州市公安局沙市区分局胜利街派出所所长。

护目镜起雾视线模糊,防护服没有口袋,拿本子占手又不方便,他和队员们想了个办法,用红色签字笔写在防护服上醒目的位置,互相提醒居民的需求。"我手臂上写的是药品,胸前和腿上写的生活用品。"代睿说,每次送完物资,汗水从防护服的袖子直往外流。"累,但现在不是喊累的时候!"

在武汉市公安局禁毒支队门前,黄婷乘坐班车,前往60公里外的318国道蔡甸区与仙桃市交会口。那里设有检查站,她和同事负责守好暂时关闭的离汉通道。有车辆经过，她上前敬礼，让车上全体成员下车，体温检测。春天到来，车内温度较车外高，这样测量才准确。确认车上人员体温正常、出城手续合格后，黄婷挥手放行。收班时候，黄婷看了一下微信计步器，上面显示21432步。丈夫蔡朝也是民警，在新洲负责社区巡逻。和丈夫分开快一个月了，黄婷说，"好想一家人能坐在一起吃个晚饭，这次我下厨，做他最爱吃的青椒肉丝。能在家中做家务，也是一种幸福。"

　　辅警李兴龙是荆州市沙市区公安分局"疫情防控转运送治突击队"的一员。2月5日起，突击队每天奔走于各个小区和筛查隔离点之间，转运收治发热人员和密切接触者。因任务的不确定性，他和队友们几乎没有固定的就餐时间。有时，还没来得及吃上几口，新的任务又接踵而至。转运中，对中风、行动不便的居民，他或扶，或背，或抬；上下车前，总是提前帮患者拉开车门。一天忙完，贴身的衣服湿得能拧出水来，耳朵和脸上也被勒出一道道印痕。有网友看了他转运的视频后，感动地称赞他是"孤独的勇士"。李兴龙说，"这么多队友和我并肩作战，我不孤独。"

　　这是他们的逆行，也是我们身后最朴实无言的守候。从街道社区到地铁车站，在守护平安的每一个角落，他们始终以勇敢无畏的姿态前行，用行动诉说"疫情不退，警察不退"。

（本文主要编选自新华网、环球网、《长江日报》、《湖北日报》等相关报道）

3月2日　中国·广东

◎ 3月2日，中共中央总书记、国家主席、中央军委主席习近平在北京考察新冠肺炎防控科研攻关工作时强调，人类同疾病较量最有力的武器就是科学技术，人类战胜大灾大疫离不开科学发展和技术创新。要把新冠肺炎防控科研攻关作为一项重大而紧迫任务，综合多学科力量，统一领导、协同推进，在坚持科学性、确保安全性的基础上加快研发进度，尽快攻克疫情防控的重点难点问题，为打赢疫情防控人民战争、总体战、阻击战提供强大科技支撑。

◎ 中央和国家机关在广大党员中积极开展自愿捐款支持新冠肺炎疫情防控工作。习近平等中共中央政治局常委同志日前为支持新冠肺炎疫情防控工作捐款。其他党和国家领导同志，以及从领导职务上退下来的老同志也带头捐款，表达对战斗在疫情防控斗争第一线的医务人员、基层干部群众、公安民警和社区工作者等的深切关怀，激励广大人民群众不畏艰难、众志成城，奋力打赢这场疫情防控的人民战争、总体战、阻击战。

◎ 3月2日，中共中央政治局常委、国务院总理、中央应对新冠肺炎疫情工作领导小组组长李克强主持召开领导小组会议，部署做好下一步防控工作，加强对防控一线社区工作者关心关爱，统筹推进疫情防控和春耕生产。

火线入党,是激励更是责任

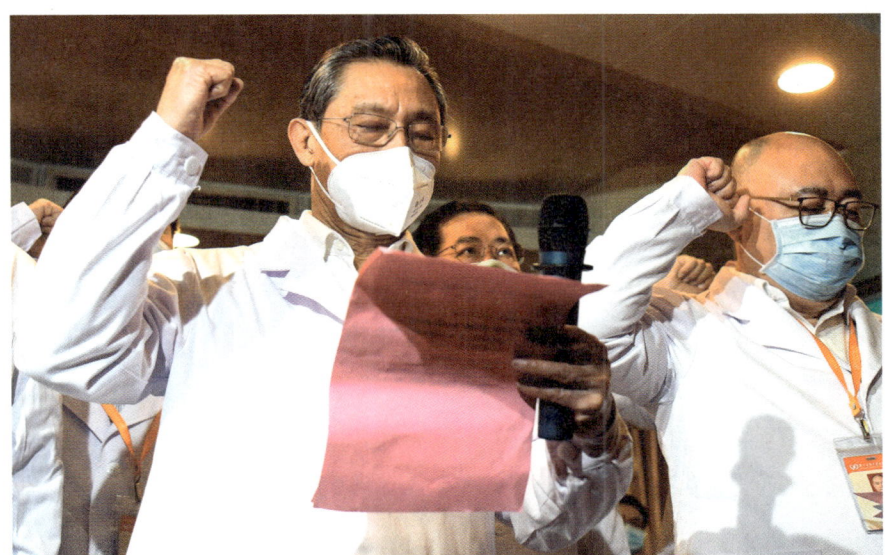

钟南山院士(左)在广州医科大学附属第一医院首批战"疫"一线火线发展党员的入党宣誓仪式上领誓。(新华社 邓华 摄)

"我志愿加入中国共产党……随时准备为党和人民牺牲一切……"今天下午,一场特殊的入党宣誓仪式在广州和武汉两地举行。广州医科大学附属第一医院与广东省驰援武汉医疗队远程视频连线,有55年党龄的钟南山院士领誓,为坚持奋战在抗疫一线的重症医学科副主任医师徐永昊和驰援武汉汉口医院的内分泌科护士李颖贤两名同志举行"火线"入党宣誓仪式。

徐永昊之前在西藏林芝人民医院帮扶,大年初一赶回广州参与危重病人的救治工作。李颖贤是一名90后,1月24日除夕夜跟随医院组建的第一批医疗队援助武汉,一干就是38天。

关键时刻冲得上去、危难关头豁得出来,才是真正的共产党人。自从疫情防控阻击战打响,全国各地各部门共有3451人"火线"申请被批准入党。他们每一个人都在战"疫"中无惧风险、奋不顾身，都在自己的岗位上展现出过硬的本领、顽强的斗志和大无畏的精神。

"小铁人"——这是武汉市江汉方舱医院患者对海南省援助湖北护理专业医疗队队员陈锦王的亲切称呼。作为医疗队里为数不多的男护士，有了重活、累活，他始终冲在最前面，帮助患者领物资、负责患者的饭菜运送、帮助女同事搬运氧气瓶，甚至常常提出多管一个病区，相当于在滴水不进10个小时的状态下再多护理30多名患者。2月24日，陈锦王光荣加入中国共产党。他说："上战场就要冲锋，当战士就要守战壕，我在这就应该做好我的工作，何况我现在是一名党员！"

从武汉市第一医院到武汉市第五医院，继而进驻雷神山医院，又回到武汉市第一医院，最近两个月，武汉市第一医院重症医学科主任范学朋四换阵地担重任，哪里有需要就去哪里，不讲任何条件，没有任何怨言，忘我投入到与病魔的斗争中。经"火线"考察、"火线"批准，2月20日，范学朋宣誓入党。

战"疫"前线，每一名党员都是一面精神旗帜。正是"火线"上许多徐永昊、李颖贤、陈锦王、范学朋们的无畏逆行、忘我奉献，为人民生命健康筑起了一道钢铁长城。他们生动诠释了共产党人的价值追求，无愧于共产党员的初心使命。

火线入党是激励更是责任。正如钟南山院士对新党员的寄语，"烈火见真金，危难见真情。现在正是需要党员站出来的时候。要带领大家克服困难、共渡难关"。

（本文主要编选自《人民日报》、人民网、中央纪委国家监委网站等相关报道）

2020中国战"疫"日志

3月3日　中国·各地

◎ 3月3日，国务院总理李克强主持召开国务院常务会议，部署完善"六稳"工作协调机制，有效应对疫情影响促进经济社会平稳运行；确定支持交通运输、快递等物流业纾解困难加快恢复发展的措施；决定加大对地方财政支持，提高保基本民生保工资保运转能力。

◎ 3月3日，中央应对新冠肺炎疫情工作领导小组印发《关于全面落实疫情防控一线城乡社区工作者关心关爱措施的通知》，就关心关爱疫情防控一线城乡社区工作者提出八方面措施。

◎ 3月3日，国家卫生健康委发布《新型冠状病毒肺炎诊疗方案（试行第七版）》，在传播途径、临床表现、诊断标准等多个方面作出修改和完善，强调加强中西医结合。

◎ 截至3月3日，武汉市现有确诊病例22368例，累计治愈出院病例24890例。武汉市累计治愈出院病例首次超过现有确诊病例。

人民需要什么，我们就生产什么

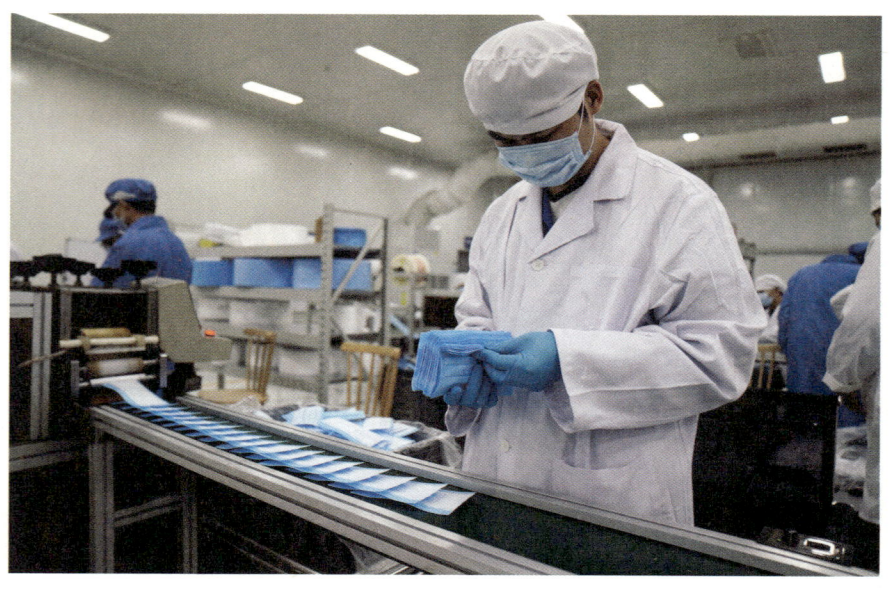

2月16日，在广西柳州，工人在上汽通用五菱无尘车间内清点切片机生产的口罩材料。（新华社 杨驰 摄）

"人民需要什么，五菱就造什么。""五菱牌口罩"的走红，不是因为这句有点儿豪壮的话语，而是因为上汽通用五菱这家汽车企业只用了不到3天时间就生产出第一批口罩，又在7天之内自建了口罩机生产线，在疫情带来的重重障碍下跑出"中国速度"。

昨天，国家发展改革委宣布中国口罩日产能产量连续快速增长，双双突破1亿只。2月29日，包括普通口罩、医用口罩、医用N95口罩在内，全国口罩日产能达到1.1亿只，日产量达到1.16亿只，分别是2月1日的5.2倍和12倍，进一步缓解了口罩供需矛盾。其中，医用N95口罩日产能产量分别达到196万只、166万只，有效解决了一线医护人员的防护需要。

口罩产能产量的迅速增长，得益于口罩企业复工达产超产和相关企业扩能转产，反映出中国制造的扎实基础和强大韧性。

为支持防疫、保障供应，各地口罩生产企业不仅迅速复工复产，而且24小时不停工，连夜赶制。有的企业甚至加大改造力度，迅速扩大产能——广州市番禺区的一家企业仅用7天时间，就完成了一条华南地区最快、每分钟生产1000片平面口罩的全自动生产线改造。

还有许多企业"跨界"加入，也为扩大口罩产能提供了有力保障。疫情发生后，数千家具备基础生产条件的企业积极参与口罩生产。其中，不仅有中国石油、比亚迪、上汽通用五菱、富士康等大企业，还有一些纸尿裤、服装等生产企业。比如，中国石油大庆石化开发公司仅用9个小时，就完成了一次性防护口罩从设备安装到投产的过程；在浙江奉化，做高档服装的外贸企业爱伊美，300多名员工都全力投入到口罩生产中。

企业能够快速转产，还离不开社会主义集中力量办大事的制度优势。疫情发生后，在国务院联防联控机制的统筹协调下，国家发改委进行疫情防控重点保障物资生产企业名单管理，对纳入名单的重点生产企业加强保障；增设医用口罩技改扩能专项，支持企业通过技术改造增产、扩产口罩，特事特办帮助办理企业口罩生产资质。市场主体和政府部门通力合作，初步扭转了口罩供应紧张的局面。

人民需要什么，我们就生产什么，我们有底气这样说。

（本文主要编选自《新闻联播》、人民网、中央纪委国家监委网站、央广网、《广州日报》等相关新闻报道）

3月4日　中国·各地

◎ 3月4日，中共中央政治局常务委员会召开会议，研究当前新冠肺炎疫情防控和稳定经济社会运行重点工作。中共中央总书记习近平主持会议并发表重要讲话。习近平指出，经过全国上下艰苦努力，当前已初步呈现疫情防控形势持续向好、生产生活秩序加快恢复的态势，必须深入贯彻落实统筹推进疫情防控和经济社会发展工作部署会议精神，加快建立同疫情防控相适应的经济社会运行秩序，完善相关举措，巩固和拓展这一来之不易的良好势头，力争全国经济社会发展早日全面步入正常轨道，为实现决胜全面建成小康社会、决战脱贫攻坚目标任务创造条件。

◎ 响应党中央号召，连日来，全国广大共产党员踊跃捐款支持新冠肺炎疫情防控工作的热情不减。据统计，截至3月4日，全国已有4128万多名党员自愿捐款，共捐款47.3亿元。捐款活动正在进行中。

◎ 3月4日，国家卫生健康委、人力资源社会保障部、国家中医药管理局印发《关于表彰全国卫生健康系统新冠肺炎疫情防控工作先进集体和先进个人的决定》，授予北京大学第一医院重症救治医疗队等113个集体"全国卫生健康系统新冠肺炎疫情防控工作先进集体"称号，授予丁新民等472位同志"全国卫生健康系统新冠肺炎疫情防控工作先进个人"称号，追授徐辉等34位同志"全国卫生健康系统新冠肺炎疫情防控工作先进个人"称号，获奖个人享受省部级表彰奖励获得者待遇。

◎ 按照中央关于统筹推进疫情防控和经济社会发展工作的部署，为推进重大工程项目建设，国家发改委会同各地方和有关部门，积极采取有效措施，在确保疫情防控到位的前提下，积极有序推进重大项目开复工。截至目前，各省份重点项目复工率达到79%。其中，南方地区重点项目复工率已达到93%。

◎ 3月3日至4日，国家卫健委高级别专家组组长、中国工程院院士钟南山与欧洲呼吸学会候任主席安妮塔·西蒙斯博士进行视频连线，向欧洲呼吸学会介绍了中国抗击新冠肺炎疫情的成果和经验。

最终战胜疫情，关键要靠科技

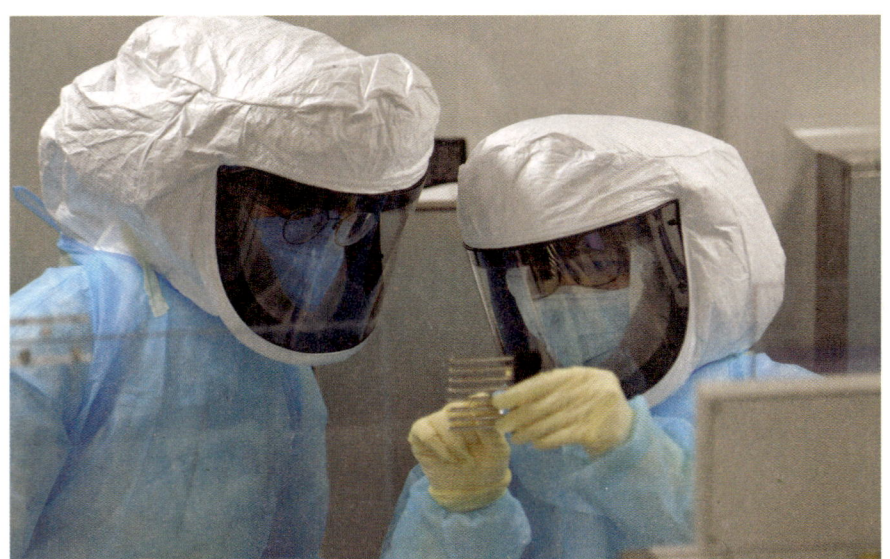

2月21日，天津支援湖北省恩施市医疗队专家指导恩施市疾控中心工作人员在新建的分子生物学实验室开展试验。（新华社 杨顺丕 摄）

　　这次新冠肺炎疫情，是新中国成立以来发生的传播速度最快、感染范围最广、防控难度最大的一次重大突发公共卫生事件。疫情暴发以来，经过中国多个科研团队的不懈努力，新冠病毒来源的研究取得了一定进展，比如有研究表明新型冠状病毒与来源于蝙蝠样本的TG13基因序列一致性高达96%，穿山甲被认为是新型冠状病毒的潜在中间宿主之一。但病毒来源依然扑朔迷离。

　　病原体的确定，是疫情防控的基础。在病原体检测方面，中国科研人员第一时间取得了突破。在武汉市卫健委2019年12月31日首次公开通报出现不明原因的肺炎病例的短短一周内，1月7日，病原检测结果初步评估专家组在实验室中检测出新型冠状病毒，并获得了全基因组序列。中国迅速将其与国际社会共享。这一成果使病毒检测产品研发、医疗救治和疫情有效防控成为可能，为国际社会有效应对疫情作出了贡献。

病原体确定后，能否快速准确对病原体进行检测，是对感染者进行及时隔离，进而有效控制疫情传播的关键。国药集团中国生物下属上海捷诺成功研制出新冠病毒核酸检测试剂盒（荧光PCR法），并于第一时间送至中国疾控中心验证。1月28日，湖南一家生物科技公司研发的30分钟可出结果的检测试剂盒通过审批。紧接着，安徽一家公司研发出最快15分钟出检测结果的病毒抗原快速检测试剂盒。3月1日，重庆医科大学联合企业研发的新冠病毒IgM/IgG抗体检测试剂盒获准上市，为更大范围识别感染者提供了助力。

对病毒每多一分认识，战胜疫情就多一分底气。新冠肺炎目前没有特效药，只能在现有药物筛选、中西医结合等多个方面探索可靠的诊疗办法。中国医学科学院病原生物学研究所从70000多个药品或化合物中筛选出5000个可能有效的候选药物，再反复试验选定100个左右药物，在体内开展新型冠状病毒的活性实验，最后聚焦到磷酸氯喹、瑞德西韦、法匹拉韦等一批药物。在武汉10家医疗机构，瑞德西韦正进行临床试验，已有逾200例重症和危重症患者入组。中医也在这次战"疫"中发挥着独特的作用。中国工程院院士张伯礼说："在抗击新冠肺炎战役中，中医在参加广度和深度上都是第一次，中医药治疗逐渐成为一支'主力军'"。目前，全国中医药参与救治的确诊病例超过6万例，占比超八成。多措并举之下，治愈率也出现了令人欣喜的变化。截至3月3日，武汉的确诊病例治愈率达到50.2%，已经连续19日上升。

标本兼治，最终攻破疫情还要靠疫苗。灭活疫苗、基因工程重组的亚单位疫苗、腺病毒载体疫苗、减毒流感病毒载体疫苗、核酸疫苗，中国正沿着这5条技术路线稳步推进，部分项目已进入动物实验阶段。

回望历史，从扑灭天花到找到治疗疟疾和肺结核的有效方式，人类在战"疫"历程中的一次次胜利，最终都是科学和医疗技术的胜利。这一次，也不会例外！

(本文主要编选自新华网、《人民日报》、《科技日报》、《长江日报》、《经济日报》等相关报道)

3月5日　中国·武汉

◎ 3月5日，中共中央政治局常委、国务院总理、中央应对新冠肺炎疫情工作领导小组组长李克强主持召开领导小组会议，要求增强防控工作针对性有效性，把关心关爱一线医务人员措施落到实处，进一步做好疫情防控期间困难群众兜底保障工作。

◎ 3月5日上午，中共中央政治局委员、国务院副总理孙春兰率中央指导组到武汉市青山区翠园社区、江汉区西桥社区，实地察看社区防控和群众生活保障情况。下午，中央指导组召开专题会议，研究进一步做好群众生活保障工作，强调要打通生活物资供应和社区服务的"最后一公里"，做好社区群众的心理疏导工作，让他们居家生活更加安心。

夜空中最亮的星

在武汉市江岸区黄石路汉口大药房，惠民苑社区网格员丰枫把为居民购买的药挂在身上。（武汉后湖街道／图）

每年的3月5日，是中国一年一度的学雷锋纪念日，也是中国青年志愿者服务日。60多年前，雷锋曾在日记中写道："一滴水只有放进大海里才永远不会干涸"。今天，在这场没有硝烟的战斗中，医护人员、人民警察、跑腿小哥、社区网格员、环卫工人、志愿者……千千万万"水滴"汇成了向上向善的精神大海，化身最美的逆行者、坚守者和奉献者。

在武汉街头，社区网格员丰枫因身背几十份药品被网友们亲切地称为"药袋哥"。为购买居民所需的药物，丰枫早上5点多就和同事守在药房门口。12个小时后，终于拿齐了近100份药。他将其中小份的药，串成两大串挂在自己的身上。此时此刻，他们身上的药袋子就是病人的希望。每个居民的需求，都是一个"点"，紧紧挂在他的身上，串成了完整的"线"。

有一位年轻的女孩和她的团队，每天免费为武汉医护人员送400—600份盒饭。刚开始送餐时由于没有防护服，她就穿着雨衣，开着自己的车到各家医院送餐，被医护人员们称为"雨衣妹妹"。有一次，她给医护人员做了两种口味的饭菜，问他们喜欢哪一种。医护人员却说不挑，都很好吃，可能过几天就不一定吃得到了。这句话深深击中了她，她决定，要坚持每天为医护人员送口热乎饭，直到疫情结束，直到不需要为止。

还有一支特殊的队伍，青海省红十字会赴武汉救援转运队。他们中有医生、司机、退伍军人，他们驾驶救护车穿梭在同济医院中法新城院区，转运新冠肺炎患者。在增援武汉的20多天里，他们无数次经过长江大桥，却从未看清过黄鹤楼，"总感觉天空雾蒙蒙的"。而一旁的患者却说："哪里啊，这么好的天。"原来是护目镜上的雾气模糊了视线。车轮不停，他们累计已转运超过1600名病人。"现在住院转运的病人数量明显减少，出院的越来越多，这就意味着我们正在迈向胜利"。他们最想做的事是等疫情结束，10个队员，一个不落，脱下防护服，摘下护目镜，走上武汉长江大桥，瞧瞧黄鹤楼的真容，感受武汉的晴空万里。

黑夜与寒冬，无法阻挡春天的到来。无数人的付出与奉献，犹如夜空中最亮的星，让这座城满溢温情。

（本文主要编选自新华社、《人民日报》、《湖北日报》等相关报道）

3月6日 中国·武汉

◎ 3月6日，中共中央总书记、国家主席、中央军委主席习近平在京出席决战决胜脱贫攻坚座谈会并发表重要讲话。他强调，到2020年现行标准下的农村贫困人口全部脱贫，是党中央向全国人民作出的郑重承诺，必须如期实现。这是一场硬仗，越到最后越要紧绷这根弦，不能停顿、不能大意、不能放松。各级党委和政府要不忘初心、牢记使命，坚定信心、顽强奋斗，以更大决心、更强力度推进脱贫攻坚，坚决克服新冠肺炎疫情影响，坚决夺取脱贫攻坚战全面胜利，坚决完成这项对中华民族、对人类都具有重大意义的伟业。

◎ 3月6日，中共中央政治局常委、国务院总理、中央应对新冠肺炎疫情工作领导小组组长李克强赴首都国际机场和顺丰华北航空分拨中心考察。他强调，要贯彻习近平总书记重要讲话精神，按照中央应对疫情工作领导小组部署，加强航空运输疫情防控国际合作，有效防范疫情跨境传播，畅通国际国内物流运输，为抗击疫情和促进经济社会发展提供更好支撑。

◎ 3月6日上午，中共中央政治局委员、国务院副总理孙春兰率中央指导组来到鄂州，实地考察新冠肺炎防控救治和企业复工复产等情况。

◎ 据湖北省卫健委官网，3月5日0—24时，湖北全省新增新冠肺炎确诊病例126例，其中：武汉市126例，其他16个市州均为0例。这是湖北除武汉外首次报告新增确诊病例为零。

◎ 3月6日，在国新办新闻发布会上，中央指导组成员介绍，截至目前，武汉改造和新建了86家定点医院、16家方舱医院，完成6万多张床位，满足了不同时段患者救治床位的需求。此外，截至3月5日，累计向湖北省调度防护服530多万件，N95口罩近千万只，调入医疗救治设备38类6.5万台（套），其中呼吸治疗类设备2.2万台（套）。

◎ 3月6日下午6点，武汉江夏中医医院最后18名新冠肺炎患者转院到江夏区第一人民医院。江夏区中医医院成为武汉市新冠肺炎患者率先清零的定点收治中医院。医院封闭消毒后，将恢复正常医疗业务，接诊普通病人。

这些光、这些热、这些希望

落日余晖下的两个身影令人动容（甘俊超 摄）

这落日真美！

在武大人民医院东院，复旦大学附属中山医院援鄂医疗队队员刘凯医生，在护送病人做CT的途中，特意停了下来，让已经住院近一个月、许久没有看到太阳的老先生，欣赏了一次久违的日落……

老先生87岁了，曾是爱乐乐团小提琴手。在上海医疗队刚来时，他病情很重，对所有人不理不睬，也拒接家人电话。老先生家很远，家人来医院要跨两条江，送东西过来很不容易。

中山医院医疗队索性包下了老先生的所有生活所需，不仅给他带来糕点、水果，甚至内衣也是医疗队提供的。

经过 20 多天的治疗，老先生的情况越来越好。有一天，老先生还在病床上给医生们演唱了《何日君再来》。

落日余晖下的两个身影，病人和医生，80+ 岁和 20+ 岁。医生与患者对生命的关爱和对生活的热爱，成就了最温暖的瞬间。

拍下这一瞬间的大学生甘俊超，在医院做志愿者已经半个多月了。我们在照片上看不到他。这场战"疫"中，又有多少人不在我们视线中，却奔忙在战场上，默默散发着热量。

照片之外，这些光、这些热、这些希望，直击人心。

（本文主要编选自《人民日报》、《长江日报》等相关报道）

3月7日　中国·贵州

◎据国家卫健委数据统计，3月6日0—24时，31个省（自治区、直辖市）和新疆生产建设兵团报告新增确诊病例99例。这是全国新增确诊病例首次降至两位数。其中，湖北新增确诊病例74例，这是湖北省新增确诊病例数首次降至两位数。

◎3月7日，由中国红十字会总会派遣的中方医疗专家组和中方援助的防疫物资由广州抵达伊拉克巴格达国际机场，以援助伊拉克新冠肺炎疫情防控工作。

◎3月7日，世界卫生组织公布的最新数据显示，中国以外新冠肺炎确诊病例已超过两万例，达到21114例。世界卫生组织发言人确认，新冠肺炎全球确诊病例已过10万。

◎3月7日，中国政府决定向世卫组织捐款2000万美元，用以支持世卫组织开展抗击新冠肺炎疫情的国际合作。

大喇叭开始广播啦!

黑溪完小的同学跟着大喇叭里老师的领读声一起朗读课文

"同学们,今天我们一起来学习《月是故乡明》,请大家先跟我一起朗读一遍课文:每个人都有个故乡,每个故乡都有个月亮……"

大喇叭里,老师的领读声响彻山谷,整个村庄的四面八方,不时响起孩子们悦耳的跟读声。喇叭声和孩子们的读书声,相互应和,此起彼伏。

疫情之下,全国很多学生都在上网课。地处山区的贵州省凤冈县鱼泉村,网络信号不稳定,传统的广播喇叭便成为了老师授业解惑的"大讲台"。

鱼泉村有一所小学叫黑溪完小,有51名学生和12名老师。这些天,冷小雪和杨艳两位老师,承担起了空中课堂的教学任务。除了用广播上课,老师还上门家访,面对面解答孩子们的问题。

再苦不能苦孩子,再难不能耽误教育。在疫情防控时期,乡村教师用她们最"原始"的办法,保证了孩子们安心读书。

每天,喇叭里老师的领读声和孩子们的跟读声,虽不齐整,却蕴含着无限希望。

(本文主要编选自《经济日报》等相关报道)

3月8日　中国·武汉

◎ 3月8日，在"三八"国际劳动妇女节到来之际，中共中央总书记、国家主席、中央军委主席习近平代表党中央，向奋战在疫情防控第一线和各条战线的广大妇女同胞表示诚挚的慰问，向全国各族各界妇女同胞致以节日的问候！习近平指出，新冠肺炎疫情发生后，广大女医务工作者义无反顾、日夜奋战，坚守在疫情防控第一线，展现了救死扶伤、医者仁心的崇高精神。广大党员干部、公安民警、疾控工作人员、社区工作人员、新闻工作者、志愿者等中的妇女同胞们忠诚履职、顽强拼搏，做了大量艰苦工作，用实际行动为疫情防控斗争作出了重要贡献。希望大家坚定必胜信念，保持昂扬斗志，做好科学防护，持续健康投入战胜疫情斗争。

◎ 3月8日，东西湖（武汉客厅）方舱医院正式休舱。该方舱医院是武汉市首批兴建的三座方舱医院中规模最大的一座，2月3日晚启动建设，2月7日晚正式收治病人，累计收治患者1760名，已治愈患者868人。

◎ 3月8日，世卫组织表示，截至欧洲中部时间8日10时（北京时间8日17时），中国以外全球受新冠肺炎疫情影响的国家和地区数量已达101个。

"她是我们最好的节日礼物!"

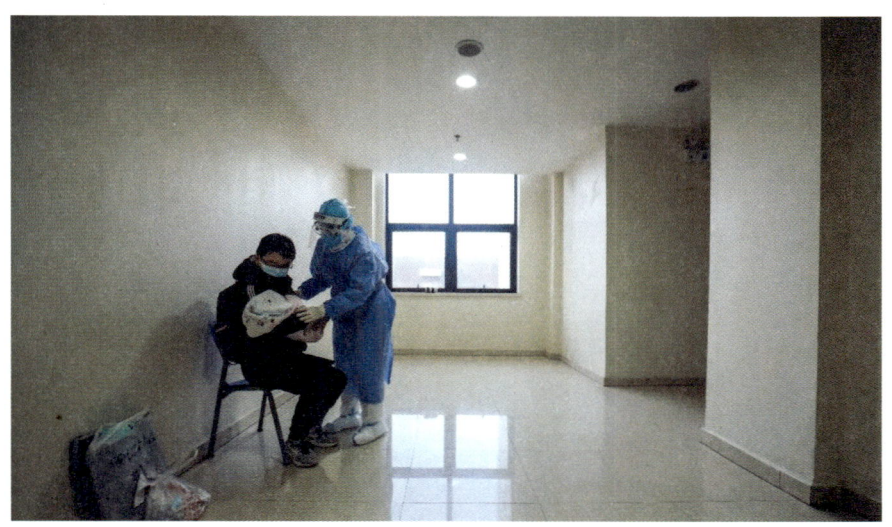

新生儿会被送往武汉市儿童医院集中照护。送去前,护士将新生儿带给在外守候的爸爸,并教他怎样抱孩子。(《长江日报》 陈卓 摄)

3月7日17时22分,一名7斤6两的女婴在华中科技大学附属协和医院西院住院部顺利出生。她的妈妈是新冠肺炎疑似感染者。为了这次剖宫产手术,43岁的副主任医师陈岚和其他7名同事全副武装,忙碌了一个多小时。陈岚说,这个宝贝是这段时间协和医院出生的第23个婴儿,她的顺利出生,是这个妇女节最好的礼物。

昨天中午,因新冠肺炎抗体检测阳性,一位怀孕40周的女士从外院转来。当时,她的羊水破裂已经超过30个小时。为避免引发宫内感染,急需进行剖宫产手术。陈岚和同事接下了这一任务。

1月30日,医院针对疫情发展的状况,经过两天改造,在西区住院部设置了新冠肺炎孕产妇隔离病区。作为一位母亲和妇产科医生,陈岚在网上看到了一些孕产妇的求助信息。在这个特殊时期,她很焦虑，"迫切地想做点什么"。

2月4日，第一次做新冠肺炎产妇剖宫产时，陈岚心中很是忐忑，她担心3层手套会影响手指灵活度，也担心护目镜花了会影响伤口缝合，但真正做完一台手术后，她所有的顾虑都打消了。手术很顺利，效果很好。只是要耗费更多的时间和精力，平时半个小时的手术，现在用了一个半小时。"平时一天能做6—8台手术，现在最多能做3台。"

现在与往常还有不同，手术只能由科室4名主任级医生来做，两个人一组。术前准备也更严格。之前做剖宫产手术，他们只需一身手术衣、一副手套。现在，除了这些，她们还需要穿防护服、隔离衣，还要戴护目镜和面屏，而手套需要戴3层。手术室里是负压，他们的穿着如此厚重，不到几分钟，就会出一身汗，护目镜上朦胧一片。一台手术下来，经常连腰都直不起来了。此外，做这种剖宫产手术，医护人员要近距离接触疑似感染者，风险极大。

但在听到新生儿第一声响亮的哭声时，这一切的付出都值得了。

2020年3月7日17时22分，一个美丽的新生命降临到这个世界上。在这里，有人奋力阻挡死神，有人冒险迎接新生。多年以后，这些"新生命"会长大，会把将他们迎接来的这份爱与担当，永远传递下去。

（本文主要编选自长江网等相关报道）

3月9日　中国·武汉

◎ 3月9日，中共中央政治局常委、国务院总理、中央应对新冠肺炎疫情工作领导小组组长李克强主持召开领导小组会议，部署深化防控国际合作、防范疫情输出输入，强调在疫情防控中激励真抓实干、务求实效。

◎ 3月9日，国务院联防联控机制召开新闻发布会，介绍邮政快递业服务疫情防控和复工复产情况。国家邮政局相关负责人介绍，国家邮政局自2月7日就有序启动了邮政快递业复工复产工作，目前行业复工人数近300万人，复工率达92.5%，日处理邮件快件稳定在1.6亿件以上，复产率超过80%。截至3月8日，全行业承运寄递疫情防控物资1.73亿件，累计8.24万吨，发运车辆2.4万辆，货运班次350架次。

◎ 3月9日下午，随着最后一批34名患者陆续走出江汉方舱医院，武汉市开放床位最多、累计收治人数最多、累计出院人数最多的方舱医院——江汉方舱医院正式休舱。江汉方舱医院自2月3日下午开始改建，于2月5日下午移交武汉协和医院接管运行，当晚收治第一名患者。34天时间里，江汉方舱医院累计收治1848人、转出521人、出院1327人。

生日愿望很快就能实现了

2月26日,在湖北省武汉市,几名医疗废弃物处理员在搬运医疗垃圾。(中青报·中青网 赵迪 摄)

"希望疫情快点结束,武汉早日康复!" 2月28日,王宁许下了他32岁的生日愿望。

这一天,是王宁支援武汉的第31天。王宁是湖北中油环保支援武汉志愿团队领队。1月29日,正月初五,他和11名队员,开着5辆装满周转桶的医废运输车,带着10万个医废垃圾袋,从襄阳"逆行跨境"来到武汉。

"当时武汉医疗物骤增,医废收集转运能力严重不足",医疗垃圾暂存间不到半天时间就"爆仓",而这些垃圾停留的时间不应超过48小时。医疗废弃物处理是整个防御战线最后一道关卡,"不及时清运非常容易造成二次污染。我们就是专业干这个的,有责任支援一线"。

清运的医疗废弃物包括医护人员防护服,病人的衣物、被褥、输液管、盒饭、呕吐物等。医疗废弃物处理人员是除了一线医护人员之外,离传染源最近的群体之一。所有医疗废弃物需要先装在医废垃圾袋内,袋子上都有二维码,可以实时追踪防止丢失,然后再装到医废垃圾桶,拉到医疗垃圾暂存间。在不少医院,这个暂存间离医院太平间是最近的。

害怕,但不顶上去不行,国家有难,匹夫有责。医废垃圾桶是明黄色的,颜色很亮、很暖,里面的东西却充满危险。王宁他们开玩笑说,扛着医废桶的时候,跟抱一个炸弹没有区别。

刚到武汉的那段时间,他们每天7点出门,一辆车得拉5趟,常常忙到晚上12点甚至凌晨3点,但似乎怎么运都运不完。一台车可以装18个周转箱,由于运输车没有电动升降尾板,装卸这些医废垃圾桶只能两个人配合着扛,一个人上面拉,一个人下面抬,装满的桶有时候会达到七八十公斤。一天下来,"胳膊、腰酸得都不能动了"。

每次搬完还得集体消毒,手套、防护服、鞋底,车厢内外也都得进行一次消毒。然后再开往20多公里外的处置点,对废弃物进行高温焚烧或蒸煮,再将残渣固化填埋。几个处置点也是超负荷运转,车都会排长队,短则半小时,长则两小时,"排队等车的时候,我们经常靠着车窗就睡着了"。

随着疫情发展,王宁的团队从最初的12人5辆车,分3批增加到93人35辆车,截至2月5日,累计转运医疗废弃物次数超过900次,转运医疗废弃物量超过500吨。

据生态环境部通报,武汉市的医疗废弃物日处置能力已经超过200吨,比之前增加了4倍。"原来每天得拉5趟,现在拉两趟就够了,各大医院已经基本实现'日产日清'。"王宁觉得自己的生日愿望很快就能实现了。

(本文主要编选自《中国青年报》、中央广电总台中国之声等相关报道)

3月10日　中国·武汉

◎ 3月10日，在抗击新冠肺炎疫情的关键时刻，中共中央总书记、国家主席、中央军委主席习近平专门赴湖北省武汉市考察疫情防控工作。他强调，湖北和武汉是这次疫情防控斗争的重中之重和决胜之地。经过艰苦努力，湖北和武汉疫情防控形势发生积极向好变化，取得阶段性重要成果，但疫情防控任务依然艰巨繁重。越是在这个时候，越是要保持头脑清醒，越是要慎终如始，越是要再接再厉、善作善成，继续把疫情防控作为当前头等大事和最重要的工作，不麻痹、不厌战、不松劲，毫不放松抓紧抓实抓细各项防控工作，坚决打赢湖北保卫战、武汉保卫战。

◎ 3月10日，国务院总理李克强主持召开国务院常务会议，确定应对疫情影响，稳外贸稳外资的新举措；部署进一步畅通产业链资金链，推动各环节协同复工复产；要求更好发挥专项再贷款再贴现政策作用，支持疫情防控保供和企业纾困发展。

◎ 3月10日下午，随着武昌方舱医院宣布休舱，至此武汉16家方舱医院全部休舱。

◎ 响应党中央号召，连日来，全国广大共产党员继续踊跃捐款，表达对新冠肺炎疫情防控工作的支持。据统计，截至3月10日，全国已有7436万多名党员自愿捐款，共捐款76.8亿元。捐款活动还在进行中。

◎ 3月10日，世界卫生组织总干事谭德塞在接受新华社记者采访时说，中国近期新冠肺炎病例数下降趋势明显，疫情局势实现逆转，病毒正在退却；国际社会应充分利用中国争取来的"机会窗口"，尽早遏制病毒传播。

"武汉必将再一次被载入英雄史册!"

3月10日,武汉东湖新城社区志愿者给居民送菜。(新华社 程敏 摄)

今天,习近平总书记来到武汉东湖新城社区。和总书记面对面的,有社区工作者、基层民警、卫生服务站医生,还有下沉干部、志愿者。抗疫期间,社区居民缺米少油了、下水道堵了、垃圾箱满了……这些琐碎繁杂的大事小事,他们都得管。一个多月来,像他们这样的社区防控队伍,是武汉这座英雄城市一道独特的风景线。

大家都有很多话要说。有人谈到了最初的害怕和担忧,害怕被感染,担心居民群众不理解;也有人讲述了一个个感动和温暖的瞬间。一个多月来的经历,大家慢慢体会到,面对灾难,每一个人只要愿意发光,就是一束光,既照亮了邻里,也照亮了自己。

家住新城社区的90后志愿者谢小玉,在北京上大学,寒假回家遭遇封城。她想,与其在家呆着,不如报名当个志愿者,做点更有意义的事。面对总书记,她一点都不"青涩",言语间飞扬着青春激情:"最初我们人手不足,有的居民是有些情绪,这也是我最难过的时候。但看到很多人都在为社区默默奉献,又鼓足了劲。送东西是个力气活,需要很有干劲才行。"

总书记说:"群众在家隔离时间长了,发几句牢骚是可以理解的,谁愿意老闷在家里啊!要看到我们取得这场斗争胜利要靠人民群众,靠人民群众的支持和参与。对群众出现的一些情绪宣泄,我们要多理解、多宽容、多包容,更要做深入细致的工作,包括心理疏导、解决实际困难。上面千条线、下面一根针,群众大事小事都在社区,大家就是临时的'小巷总理'。给人民群众当服务员,不能干巴巴、硬邦邦的,要让群众如沐春风。我们今后要更加重视社区工作。"

在这次抗击疫情斗争中,人们看到了90后、00后的群像。总书记深有感触:"过去有人说他们是娇滴滴的一代,但现在看,他们成了抗疫一线的主力军,不怕苦、不怕牺牲。抗疫一线比其他地方更能考验人。"

大家告诉总书记,社区居民们都想知道什么时候武汉能解封。"我知道,大家都在掐着指头算呢。"总书记说,"尽管武汉的疫情形势逐步向好,但总体上看还没有到可以松口气的时候。这是一场人民战争,需要全体人民坚定信心、同舟共济。坚持就是胜利。请大家再坚持一下!"

"咱们小区已经连续18天无新增确诊病例,现在居民比较安心,也有信心了,请党中央放心。"社区网格员杨铭新每日密切关注着社区疫情动态。

习近平总书记关心地问:"现在群众最需要帮助的是什么?"

"很多百姓的愿望就是早点复工。比如出租车司机,不出去干活就没有了收入来源,闷在家里挺着急的,都盼着武汉早日车水马龙、热闹起来……"社区党总支书记、居委会主任陶久娣汇报说。

总书记接过话来,"一个是疫情防控,一个是逐步恢复经济社会秩序,这两件事要统筹兼顾,有序推进。"

习近平总书记十分感慨:"大武汉有上千万人,通过封城来控制疫情蔓延扩散,难度很大,下这个决心是非常不容易的。确实是一个十分艰难的决定。从这个意义上讲,湖北人民特别是武汉人民作出了牺牲、作出了重大贡献,很了不起,你们为整个抗疫斗争立下了大功。"

"我在路上就一直在想,武汉市是多么好的一座城市!这是一座英雄的城市,这里的人民是英雄的人民。在这次抗击疫情斗争中,武汉人民展现出了不怕牺牲的精神、勇于担当的精神、顾全大局的精神,还有甘于奉献的精神。这些精神都是中华民族的精神的重要体现,我们一定要好好总结、好好发扬。我相信,通过这次抗击疫情斗争,武汉必将再一次被载入英雄史册!"

离开社区时,"总书记好!""中国加油!""武汉加油!"的声音此起彼伏,在春日的阳光里久久回荡……

(本文主要编选自《人民日报》2020年3月11日01版相关报道)

3月11日　中国·武汉

◎ 3月11日下午，中央指导组召开专题会议，研究进一步加强新冠肺炎重症、危重症患者救治工作。

◎ 3月11日，国务院联防联控机制召开新闻发布会，介绍医疗废弃物综合治理相关情况。据介绍：疫情期间全国180万环卫工人在岗率达到90%以上，其中湖北省全天作业环卫工人超过8万人。

◎ 3月11日，国家卫健委与外交部共同举办第三次中国与欧盟新冠肺炎疫情防控技术交流电话会。国家卫健委协调专家参加世界卫生组织美洲区会议，介绍中国关于新冠肺炎疫情防控经验。

◎ 3月11日，世卫组织总干事谭德塞在日内瓦举行的例行记者会上称，过去两周中国以外新冠肺炎确诊病例数增长了13倍，受影响国家和地区数增加了两倍；目前114个国家和地区的确诊病例累计超过11.8万例，死亡病例达到4291例，还有数以千计的人在医院里为生存而战。疫情的传播程度和严重性令人深感担忧，"我们评估认为，新冠肺炎疫情从特征上可称为大流行"。

◎ 当地时间3月11日晚，意大利总理孔特宣布，在全国关闭除食品店和药店以外的所有商铺，公共交通和物流将正常运行。

◎ 美东时间3月11日晚，美国总统特朗普在白宫通过全国电视讲话宣布，美国将在未来30天内，暂停与除英国以外的所有欧洲地区的旅行往来。措施从美东时间3月13日晚间23点59分开始生效。

休舱,愿后会无期

3月8日,武汉体育中心方舱医院送走最后一批痊愈患者,正式休舱。这是工作人员在舱内进行清理作业。(新华社 肖艺九 摄)

3月9日夜,武昌方舱医院的最后一个夜晚。

熄灯后,江西支援湖北医疗队队员胡佩举着手电筒进行例行巡视。十多个小时后,这座首批启用的方舱医院即将迎来休舱。

胡佩和同事仔细询问患者的情况,过去30多个日夜,这是他们每天的工作,慎终如始,最后一晚也不例外。

3月10日下午,最后49名患者走出武昌方舱医院,自2月5日起陆续投入使用的16家方舱医院全部"关门大吉"。

这是最让人心安的"关门大吉"。

过去35天里,武汉16家方舱医院开放床位13000多张,累计收治患者12000人,武汉每4名新冠肺炎患者中就有1人在方舱医院治疗。在这里，上万名医护人员，用最少的社会资源、最简单的场所改动，达到了最快扩大收治、阻断病毒传播的目的。35天前，武汉每日新增新冠肺炎确诊患者上千人，如今每日新增不到20人。

从紧急抢建到有序休舱，方舱医院的"兴衰"成为衡量疫情发展的重要风向标。靠着一个个火速建起的方舱，我们成功在短时间内迅速解决了床位不足的问题，有效降低了轻症向重症的转化率。在这里，我们积累了宝贵的方舱经验，也见证了中国智慧和中国力量。

而在这特殊的"生命方舟"中所发生的一切，成了患者与医护人员间共同的珍贵记忆。武汉这16艘"生命的方舟"，在疫情最危急时启航。94支医疗队，上万名医护人员是"方舟"上无畏的水手。他们不顾安危、不舍昼夜，为生命护航。

湖北省肿瘤医院武昌方舱医疗队副队长王俊在患者都离开后，回头看了看自己奋战过的地方，平静地说："我觉得我们做的也很普通，就像小偷来了，就有公安的来了；有火灾了，就有消防的来了；现在是有疫情了，我们医生和护士冲上来了，就这么简单。"

接下来，王俊可能要和同事转战定点医院。"今天是一个逗号，不是一个句号。疫情并没有结束，我们还在等待着现在仍住院治疗的1万多名患者康复。"

(本文主要编选自新华网、中央纪委国家监委网站、每日经济新闻等相关报道)

3月12日 中国和意大利

◎ 3月12日晚，国家主席习近平应约同联合国秘书长古特雷斯通电话。习近平强调，中国人民的艰苦努力为世界各国防控疫情争取了宝贵时间，作出了重要贡献。这段时间，疫情在多国多点发生，形势令人担忧。国际社会应当加紧行动起来，有效开展联防联控国际合作，凝聚起战胜疫情的强大合力。中方愿同有关国家分享防控经验，开展药物和疫苗联合研发，并正在向出现疫情扩散的一些国家提供力所能及的援助。中方支持联合国、世卫组织动员国际社会加强政策协调，加大资源投入，特别是帮助公共卫生体系薄弱的发展中国家做好防范和应对准备。中国已经宣布向世卫组织捐款2000万美元，支持世卫组织开展抗击疫情的国际行动。古特雷斯表示，我对中国新冠肺炎病例大幅减少感到十分高兴并表示祝贺。我相信，凭借坚定的决心和强大的韧性，中国不仅将很快战胜疫情，而且还将很快恢复经济秩序，这不仅有利于中国人民利益，也将为世界作出重要贡献。联合国感谢中方为当前处境困难的国家抗击疫情提供援助，赞赏中国同发展中家分享疫情防控经验，并提供医疗物资和疫苗医药等宝贵援助。中国的支持对多边主义至关重要，联合国希望继续深化同中国在气候变化、可持续发展等各领域合作，期待中国在国际事务中发挥重要领导力。

◎ 3月12日，中共中央政治局常委、国务院总理、中央应对新冠肺炎疫情工作领导小组组长李克强主持召开领导小组会议，要求根据疫情形势变化分区分级做好防控和保障工作，精准防范疫情输入输出。

◎ 3月12日，国务院联防联控机制召开新闻发布会。国家卫健委新闻发言人表示，总体上，我国本轮疫情流行高峰已经过去，新增发病数在持续下降，疫情总体保持在较低水平。

◎ 3月12日，中国与世界卫生组织在北京以视频连线方式举办新冠肺炎防治中国经验国际通报会。有关国家驻华使馆和国际组织代表参加会议，世界卫生组织西太区与有关国家代表通过视频远程参会。中方同世界卫生组织在会上共同发布最新诊疗方案和防控方案英文版。

我们愿和意大利人民坚定地站在一起

这幅画来自意大利那不勒斯一位名叫 Aurora 的小女孩。她说:"这幅画献给护士、医生和那些从中国来帮助我们的人,希望身处抗疫第一线的你们能够看到。"

2008年5月27日,汶川大地震震后两周,成都当地媒体《华西都市报》刊登了这样一条消息——《感人一幕:意大利志愿者余震中用身体护着病人》。记者在新闻中,用细腻的笔触详细描写了意大利医疗队对地震伤者的救治情况:

"来到绵竹孝德镇,远远就能看见一排白色的帐篷和飘扬着的中国国旗和意大利国旗。撩开白色的门帘进入治疗室,十几个意大利医生正在忙碌着,为伤员进行初步的检查和消毒、包扎……自从24日意大利野外紧急医院在这里搭建好后,每天都可以看到一位体形稍胖、留着微卷的金棕色短发的男子,他就是朱力亚诺·罗迪尼医生。除了在治疗室连续十多个小时地接诊病人,他几乎每一天都要做一台手术。"

很多四川人铭记至今,举世震惊的汶川大地震发生之后,意大利,是首批向中国派出医疗队的西方发达国家。

当地时间2020年3月12日22:25,经过近12小时的飞行,东航MU787跨国支援抗疫包机航班抵达罗马菲乌米奇诺机场。

这支来自中国的医疗队一行9人,飞越9619公里,堪称"万里驰援"。飞机上,还带有31吨医疗物资,包括ICU病房设备、医疗防护用品、抗病毒药剂等。

来自四川的华西医院呼吸与危重症医学科主任梁宗安,是全国知名的呼吸病专家,也是这次新冠肺炎四川救治专家组的常务副组长,有非常丰富的病人救治经验;华西医院重症医学科小儿ICU护士长唐梦琳在护理方面非常有经验;四川省疾控中心微生物所副所长童文彬则是四川核酸检测标准的第一制定人。他们三人是这支队伍中的核心骨干。

这,显然不是巧合。

梁宗安说:"我们不会忘记,在我们最黑暗的时刻,意大利为中国提供了宝贵的支持。现在我们愿意与意大利人民站在一起。"

四川省卫健委党组书记沈骥接受白岩松采访时说:

"1988年,意大利政府无偿捐助四川建立了最大型的急救中心,30多年来这个急救中心发挥了很好的作用,为四川的医疗服务提供了很大的支撑作用。

"更重要的是,2008年汶川大地震时,意大利红十字会以及医学会派了14名急救专家驻扎在四川绵阳的重灾区,为抢救伤员做了长时间工作,我记得有约900名伤员在意大利专家的指导下转危为安。

"所以四川人一直抱着感恩的心,这次三名援意专家都是主动报名、主动请缨,觉得在危难的时候要有一份回馈和回报。"

就像意大利谚语所说,真正的朋友,是在你落难时仍对你像亲兄弟一般的人。

(本文主要编选自新华网、《华西都市报》、每日经济新闻等相关报道)

3月13日 中国·武汉

◎ 3月13日，国家主席习近平致电欧洲理事会主席米歇尔和欧盟委员会主席冯德莱恩，就近期欧盟发生新冠肺炎疫情向欧盟及各成员国人民表示诚挚慰问。习近平在慰问电中强调，不久前欧盟及成员国以多种形式对中国疫情防控表达慰问和支持。团结就是力量。当前形势下，中方坚定支持欧方抗击疫情的努力，愿积极提供帮助，协助欧方早日战胜疫情。中方秉持人类命运共同体理念，愿同欧方在双边和国际层面加强协调合作，共同维护全球和地区公共卫生安全，保护双方人民和世界各国人民生命安全和身体健康。

◎ 3月13日，中共中央政治局常委、国务院总理、中央应对新冠肺炎疫情工作领导小组组长李克强考察全国市场运行与流通发展服务平台、外贸外资协调机制。他强调，要贯彻习近平总书记重要讲话精神，按照党中央、国务院决策部署，统筹推进疫情防控和经济社会发展，推动商贸物流市场正常运行，更大力度深化改革开放，释放巨大消费潜力，稳住外贸外资基本盘，增强经济发展动力。

◎ 3月13日下午，中共中央政治局委员、国务院副总理、中央指导组组长孙春兰来到同济医院，调研指导新冠肺炎患者救治工作，要求抢抓援鄂医护力量、医疗资源汇聚湖北的重要窗口期，千方百计抢救在院患者，重症与轻症并重，不断总结经验、完善方案，一人一策，力争更多患者早日康复。

◎ 截至3月12日24时，31个省（区、市）和新疆生产建设兵团报告新增确诊病例8例，新增死亡病例7例，均首次降至个位数。湖北现有疑似病例49例，其中武汉44例，首次降至两位数。

◎ 3月13日，世界卫生组织说，目前欧洲报告的新冠肺炎确诊病例和死亡病例超过中国以外其他国家和地区的总和，欧洲已成为新冠肺炎疫情"震中"。

◎ 当地时间3月13日下午，美国总统特朗普宣布美国因疫情进入紧急状态。当地时间13日下午，西班牙首相桑切斯宣布西班牙将从14日起进入为期15天的紧急状态。

"我爱你，有所求"

王越（左）和同事（《长江日报》/图）

"武汉，我的江城。我爱你，有所求。我要你在自此之后的漫长岁月里，平安，欢喜。"这句话出自32岁的重庆医科大学附属第一医疗队援鄂医生王越给武汉写的情书。今天，是她到武汉满一个月的日子。她说，写情书，是想为自己和战友们留下一些可触摸的温情记忆。

一封写给武汉的情书（节选）

亲爱的武汉：

你好！

我是一个来自重庆的姑娘。今天刚好是我来汉的第30天。30天，整一个月，不够长，也不算短。在这特别的日子里，我写此书信，向你表达心意。

2020年2月13日，也就是一个月前的今天，我在凌晨接到来汉的通知，并在当天随医疗团坐着专机抵达。第一次来见你，行色匆匆，心事重重，还顶着一头自己瞎剪的、乱糟糟的头发，实在有些不好意思。

那是在2月13日的下午，我随队到达天河机场，看到一些武汉人站在机场出口挥舞着国旗迎接我们。他们一边喊着欢迎的口号，一边指引着将我们送上了贴着"守护医者志愿队"标志的客车。从机场到驻地，一路上车极少，但夜晚的你仍被闪耀的万家灯火所点亮。"谁说这是一座空城，明明这每盏灯的背后都有一个家庭在坚守。"我对自己说。

在汉的一日三餐，都是送到驻地来的定制盒饭。第一次领到丰盛早餐的我，模糊了眼。想起网络上铺天盖地关于你的消息，想到你在疫情暴发扩散的时刻毅然关上城门。你日复一日运转的齿轮，被强制暂停，让往常理所当然的一切，都变成奢望。此刻，忙碌在我眼前的当地人，每一位都戴着"志愿者"的光环。毫无疑问，哪怕物资缺乏、人员疲惫，你依然倾尽所有，把最好的一切奉献给我们。想到你默默忍耐、默默付出的这段黑暗时光，我打开餐盒，一口馒头一口粥，眼泪流进了心里。在那一刻，我便动了心。是的，在2月14日的那天。

30天了，病人们陆续地出院了。86岁的奶奶也即将出院了。有一天中午，她扶着墙摇晃地走到医生办公室门口，"吃饭呀，吃饭"。护士说，奶奶刚吃过饭。奶奶又指了指我，再次说"吃饭呀，吃饭"。我懂了，她是问我吃没吃饭。

方舱医院关门大吉的消息传遍了病区，这是胜利的曙光。"他们都回家了,等我们回家,你们也回家,这件事情就算是过去了",一个病人说。下班后卸下防护,当流水冲洗着满是勒痕的脸,我任眼泪悄悄地流了一小会儿。可还是被你看到了吧,这一幕,因为那天回程的路上,有阳光一直照在我身上。

我是一个微不足道的女孩,但你却是一座辉煌的城。古往今来无数过客归人皆为你倾心,他们在此地颂扬着"高山流水遇知音"的传奇,感叹着"晴川历历汉阳树"的锦绣,震撼于"唯见长江天际流"的气魄。

原谅我没有更好的诗句送给你,但你一定知道,在这30天里,我和我的战友们奋斗在此地,同你的人民肩并肩站在一起,誓要打赢这一场保卫你的战役。我无法用足够的篇幅,把这30天里所有的故事都讲给你,但我在你的土地上流下的每一滴汗水和泪水,都在证明我的心。

武汉,我的江城。我爱你,有所求。

我要你在自此之后的漫长岁月里,平安,欢喜。

重医一院援鄂团:王越

2020年3月13日 于武汉

(本文主要编选自《长江日报》等相关报道)

3月14日　中国·武汉

◎国家主席习近平日前致电韩国总统文在寅，就近期韩国发生新冠肺炎疫情，代表中国政府和中国人民，向韩国政府和人民表示诚挚慰问。习近平指出，疫情没有国界，世界各国是休戚与共的命运共同体，中国政府和中国人民对韩方目前遭受的疫情和困难感同身受。中方将继续提供力所能及的援助，支持韩方抗击疫情，愿同韩方携手合作，早日共同战胜疫情，维护两国人民和世界人民生命安全和身体健康。

◎国家主席习近平日前致电伊朗总统鲁哈尼，就近期伊朗发生新冠肺炎疫情，代表中国政府和中国人民，向伊朗政府和人民表示诚挚慰问。习近平在慰问电中强调，中伊是全面战略伙伴，两国人民传统友好。伊朗政府和人民为中国抗击疫情提供了真诚友善的支持和帮助。为帮助伊朗抗击疫情，中方向伊方提供了一批抗疫物资，派出了志愿卫生专家团队。中方愿同伊方加强抗疫合作，并继续向伊方提供力所能及的帮助。相信伊朗政府和人民一定能打赢这场疫情防控战。

◎国家主席习近平日前致电意大利总统马塔雷拉，就近期意大利发生新冠肺炎疫情，代表中国政府和中国人民，向意大利政府和人民表示诚挚慰问。习近平在慰问电中强调，相互支持、合作共赢始终是中意全面战略伙伴关系的主旋律。值此意方困难时刻，中国政府和人民坚定支持意方抗击疫情的努力，愿开展合作，提供帮助。

◎3月14日，国务院联防联控机制印发《因新冠肺炎疫情影响造成监护缺失儿童救助保护工作方案》。要求各地把监护缺失儿童救助保护工作纳入重要工作内容，完善工作方案，强化资金保障，扎实做好各项工作，确保不发生冲击社会道德底线的事件。

◎3月14日，湖北省新型冠状病毒肺炎疫情防控工作指挥部召开新闻发布会。会上介绍，根据疫情形势变化，湖北省实施分区分级差异化的防控策略，低风险街道乡镇的社区、村组全部解除封闭管理；中、高风险的街道乡镇中无确诊病例的社区、村组解除封闭管理；高风险地区，继续停止聚集性活动，继续实行区域交通管控。

记者，记着

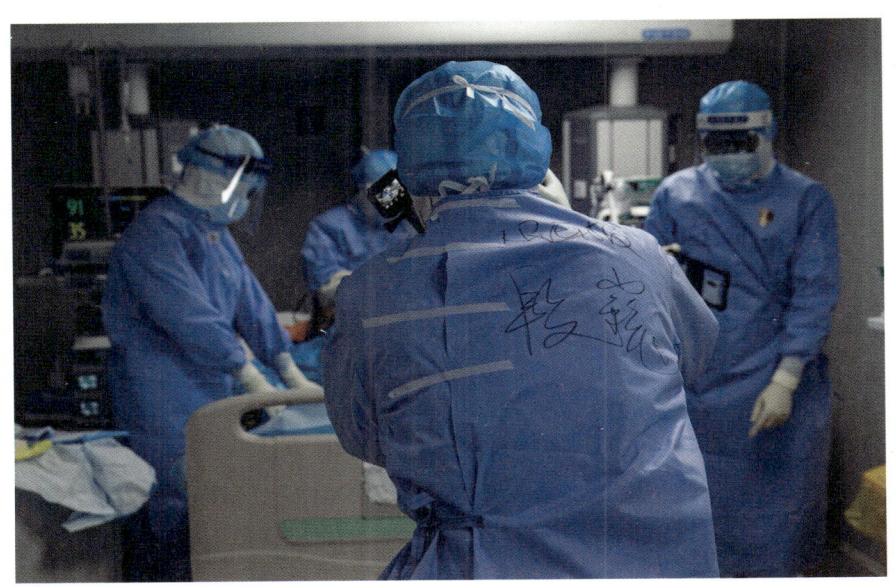

人民画报社记者段崴在病房内拍摄（《人民画报》 陈建 摄）

疫情发生以来，400多名记者从全国各地奔赴武汉。战"疫"一刻不停，他们的脚步也一刻未歇。在他们的文字和镜头里，我们为疫情形势的严峻而忧心如焚，为一方有难八方支援的精神而备受感动，为医疗救治新进展新突破而欢欣鼓舞。他们在前线发回的报道，让一座英雄的城市牵动着亿万中国人的心，也让世界看到了我们战胜疫情的决心和努力。今天，认识他们中的一些人，记住这些"逆行者"。

在接连提交了6次申请后，中央广播电视总台记者董倩才被批准赶赴武汉一线。当她把消息告诉儿子时，15岁的小男子汉在电话那头哭了，问她："妈妈，能不能不去？"董倩没法答应儿子的这个请求，25年的职业记者习惯，让她义无反顾地登上了前往武汉的列车，她说："好多人往后的时候，你得往前"。

同样往前的还有人民画报社的4名记者徐讯、段崴、马耕平、陈建，白天刚在单位走廊里剃了发，晚上8点56分就抵达了武汉火车站。在因防疫需要而处处受限的采访环境里，他们竭尽全力拍摄大量照片和视频，为读者带来了抗疫一线的感人报道：走进街巷和住户聊天，了解"封城"后的武汉生活物资供应情况；为医护人员拍摄工作场景，在医生、护士休息时聊疫情结束后最想做的事情；采访志愿者、快递小哥、出租司机，讲述坚守岗位"小人物"的壮举……

长江日报社记者王恺凝，连续三天进入重症监护病房，蹲点记录一个抢救成功的危重症患者。重症监护病房是"红区"中的雷区，是病毒负荷量最大的地方。有人问她怕不怕，她说，其实还好。每个职业有每个职业的使命，医护人员的使命是救死扶伤，记者的使命是记录真实的历史瞬间。救人的人在哪里，她就在哪里，这是本分。

多次核酸检测呈阴性后，3月9日，湖北广播电视台融媒体新闻中心记者谢珍重返工作岗位。她是第一批进入发热定点医院报道的记者，在采访过程中不幸感染新冠肺炎。她说，我们有责任用新闻的力量，让全球看到这座城市所做出的抉择、牺牲、坚守和努力，以及他们的大义、大爱。

他们是此次战"疫"报道中所有"逆行者"里的一小部分，职责让他们面对灾难考验却毫不退缩。记住他们，是为了致敬更多义无反顾的"逆行者"，循着他们照亮的地方。请记住他们的名字——战"疫"记者。

（本文主要编选自央视新闻、中国记协网、《人民画报》、《中国新闻出版广电报》等相关报道）

3月15日　中国·武汉

◎3月15日，中共中央总书记、国家主席、中央军委主席习近平给北京大学援鄂医疗队全体"90后"党员回信，向他们和奋斗在疫情防控各条战线上的广大青年致以诚挚的问候，勉励广大青年不惧风雨、勇挑重担，让青春在党和人民最需要的地方绽放绚丽之花。

◎3月15日，国务院联防联控机制召开新闻发布会，介绍发挥再贷款再贴现政策作用支持疫情防控和复工复产的情况。中国人民银行相关负责人介绍，人民银行1月31日设立了3000亿元抗疫专项再贷款。截至3月13日，已经发放专项再贷款1840亿元，9家全国性银行和10个省份的地方法人银行向4708家重点企业发放优惠贷款1821亿元。目前银行发放优惠贷款的进度保持在每天100亿元以上。

◎当地时间3月15日，塞尔维亚总统武契奇发表电视讲话，宣布塞尔维亚当即进入紧急状态，并将寻求中方医疗援助。

一次特殊的班会

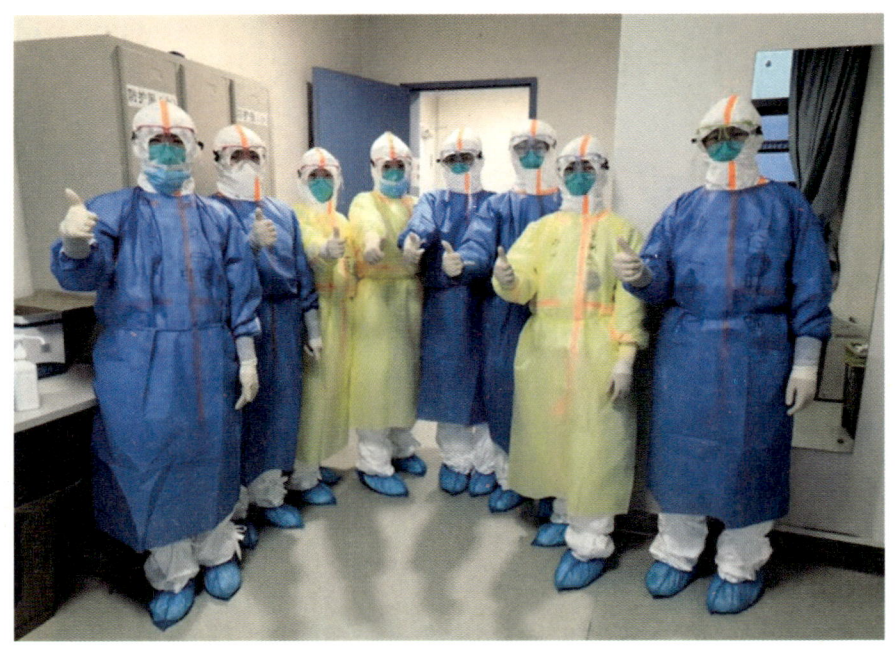

北京大学援鄂医疗队（北京大学第一医院／图）

"青年一代有理想、有本领、有担当，国家就有前途，民族就有希望。"这是今天，习近平总书记给北京大学援鄂医疗队全体"90后"党员回信里的寄语。

北京大学第一医院副院长李海潮医生是北京大学援鄂医疗队里的一员。前两天，他和同事受邀给刚入学半年的北京大学医学部2019级临床专业的学生们，开了一次特殊的网络班会。他们向同学们介绍了这次医疗队的具体情况，如何组建、来时面临的各种问题、如何防护和救治等等。

最后，李海潮医生遵照班会的要求进行了总结，他是这样说的：

我想，作为医生这个行业的未来从业者，你们肩负着我们这些老师们的期望，乃至整个行业和国家对医疗卫生事业未来的期望。风华正茂的年轻人应该是对自己有要求的人，不辜负这个时代，不辜负自己的使命。

如果说以前我们的临床医学教育更多地是学习医学知识和技能，那么现在所经历的这次疫情要求我们，必须从整个医疗卫生体系、从健康中国的大框架下思考问题。除了关注医生治病救人的专业能力，我们需要从整个国家乃至全球的视野思考相关的公共卫生、基本医疗制度、医疗和科研的关系等等问题。

只有结合目前现状和问题进行严肃而深刻的思考，我们才不会白白经历这样的灾难和磨砺，所有的牺牲和所付出的代价才能变得更有价值，我们才能获得真正的成长，才有可能变得更为强大。

最后，对于每一个人，在经历了这次疫情之后，大家会怎样看待生活。在生与死面前，很多以前看似重要的东西都显得无关紧要了，严峻的现实帮我们看清了生活的本质。

作为未来的医生，希望同学们更加热爱生活、珍视健康和生命。当然，经过刻苦打造的精深专业知识和技能会使你们保持医生的理性，就像是能在关键时刻，保护普通民众安全撤离出层层封锁线的特种兵。

但是医学绝不仅仅只是知识和技术，它还是一颗会爱人的心、会给病痛和危难中的患者以安慰和激励，而这些对于危重症患者很可能生死攸关。

多一份坚持下去的忍耐和努力，多一份对生的渴望，就多一份活着的希望。在平常的日子里，我们或许感受不到，医学的人文精神原来有着如此强大的力量。一个热爱生活的人，才会与人为善，内心才会变得柔软，才能更深刻地理解患者的焦躁和绝望，才能更深刻地体会他们的无助与痛苦，理解和体会到这些，才能够真正感知医学的价值，才能更加坚定自己的选择。

（本文主要编选自新华社相关报道）

3月16日　中国·北京

◎ 3月16日晚，国家主席习近平应约同意大利总理孔特通电话。习近平指出，意大利政府为应对疫情采取了一系列坚决的防控举措，中方予以坚定支持，对意方战胜疫情充满信心。我们将急意方之所急，向意方增派医疗专家组，并尽力提供医疗物资等方面的援助。中方愿同意方一道，为抗击疫情国际合作、打造"健康丝绸之路"作出贡献。相信通过此次携手抗击疫情，两国传统友谊和互信将进一步加深，中意全方位合作将迎来更广阔前景。孔特表示，中国政府采取坚决举措，有效控制住疫情，这对意大利等国是巨大鼓舞，也提供了借鉴，意方表示祝贺。感谢中方在意方处在艰难时刻给予的宝贵支持和援助，这再次印证了两国人民的深厚友谊，我代表意大利政府和人民向中方表示衷心感谢。相信疫情过后，意中关系必将更加牢固。

◎ 3月16日，中共中央政治局常委、国务院总理、中央应对新冠肺炎疫情工作领导小组组长李克强主持召开领导小组会议，部署进一步做好疫情防控和后续相关工作，推进全面复工复产、加快恢复经济社会秩序。

◎ 3月16日晚，由军事科学院军事医学研究院陈薇院士领衔的科研团队研制的重组新冠疫苗通过了临床研究注册审评，获批进入临床试验。

◎ 3月16日，世界卫生组织宣布，中国以外新冠肺炎累计确诊病例数已超过中国。目前已有20个国家宣布进入紧急状态，另有2个国家则是其国内某个行政区宣布进入紧急状态。

◎ 3月16日晚，法国总统马克龙发表电视讲话：面对新冠肺炎疫情的严峻形势，法国处于"战争状态"，需要全面动员抗击疫情。

"老外"不"见外"

江浩（右二）和社工们一起参与到防疫一线（北京市东城区融媒体中心／图）

"You can make a declaration one day before the rework, then explain the situation to the relevant units and fill in the letter of commitment…"（你可以在返工前一天提出申报，然后向有关单位说明情况，填写承诺书……）在北京东直门街道东外大街社区的海晟名苑小区值守点位上，居民们惊讶地发现这里多了一名金发碧眼的"双语志愿者"。他是来自英国的John，中文名字叫江浩。

"疫情当前，不分国籍，人人尽责！虽然我不能到武汉一线，但是我要尽我所能，参与到所在社区防疫一线工作中。"在看到东外大街社区公开招募外国友人志愿者小分队的消息后，江浩主动找到社区负责人，要求加入志愿队。一个多月来，他总共接待了上百位外籍居民的咨询，最多的时候，一天就接待了 10 多名外籍居民。

在北京生活了 10 年的玻利维亚籍居民玛丽亚也是社区志愿者中的一员。她经常到顺义区空港街道香蜜湾社区防疫岗位，手持额温枪，为往来居民监测体温。会说汉语、西班牙语、英语三种语言，又在医院工作的她，不仅向中外居民普及防疫医学知识，还帮助校对多语种防疫海报，防疫一线上总能看到她的身影。

疫情当前，学校延期开学。为了让社区的孩子"停课不停学"，来自加拿大的洛林和来自加纳的娜娜架起摄像机，拿出精心准备的绘本，办起"英语小课堂"，录制英语小视频，为孩子们的居家学习提供力所能及的帮助。

不同国籍、不同肤色、不同语言……他们是"老外"，但在疫情面前不"见外"，他们和首都居民并肩作战，用行动守护着共同的家园。

（本文主要编选自新华网、光明网、《北京日报》等相关报道）

3月17日　中国·武汉

◎ 3月17日，国家主席习近平在人民大会堂同巴基斯坦总统阿尔维会谈。习近平强调，当前，中国政府和中国人民正在为夺取抗击新冠肺炎疫情最终全面胜利而努力奋斗。疫情发生之初，总统先生第一时间向我致函慰问，这次又专程访华，表达对中方的坚定支持。巴基斯坦政府和社会各界倾己所有，向中方捐赠防疫物资，中方对此深表感谢。事实再次证明，中巴两国是患难与共的真朋友、同甘共苦的好兄弟。中巴特殊友谊是历史的选择，深深扎根于两国人民心中。阿尔维表示，在习近平主席坚强领导下，中国抗击疫情取得重大积极成效，我代表巴政府和人民表示衷心祝贺！灾害面前，中国共产党和中国政府展现出卓越领导力、强大动员力，中国人民众志成城，不畏牺牲。中方的经验做法为其他国家提供了有益借鉴。相信疫情过后，中国将更加强大。个别势力企图利用疫情"污名化"和孤立中国的做法不得人心，不会得逞。巴中是患难与共的"铁杆"兄弟，两国人民情谊深厚，历久弥坚。越是在困难时刻，就越显示出巴中友谊和团结。巴方感谢中方给予的支持和帮助，愿坚定同中国站在一起，共克时艰。

◎ 3月17日晚，国家主席习近平应约同西班牙首相桑切斯通电话。习近平强调，中方支持西班牙政府采取的抗击疫情举措，理解西班牙当前面临的严峻形势，愿应西班牙之所急，尽力提供支持和帮助，分享防控和治疗经验，为中西两国人民健康福祉以及全球公共卫生安全作出贡献。"阳光总在风雨后"，我相信，经历共同抗击疫情的考验，中西友好将更加牢固，两国关系将迎来更加美好的未来。桑切斯表示，西班牙和中国一向相互支持，守望相助，这在共同抗击疫情中得到充分体现。当前西班牙疫情形势严峻，中方及时向西班牙提供急需医疗物资，充分体现了对西班牙人民的友好情谊，西班牙人民对此深表感谢。西政府将尽力保护好旅居西班牙中国公民的健康安全。疫情是国际社会面临的共同挑战，各国应合力应对。西班牙赞赏中方秉持开放态度促进国际合作，愿同中方加强各领域交流合作。相信疫情过后，两国关系将进一步发展。祝愿伟大的中国人民健康平安！

◎ 3月17日，援鄂医务人员开始分批撤离。已完成救助任务的首批49支国家医疗队，共计3787人踏上返程之路。

◎ 3月17日，国产14种检测试剂盒已向11个国家供货。向柬埔寨捐赠的首批检测试剂盒运抵金边。

谢谢你们,为我们拼过命

3月17日,贵州医疗队员在武汉站准备进站乘车。当日,随着疫情防控形势逐步转好,完成救助任务的各地驰援医疗队分批离开。(新华社 肖艺九 摄)

随着湖北新冠肺炎疫情防控形势转好,援鄂医疗队开始分批撤离。今天,是首批援鄂医疗队离开武汉的日子。

一大早,"江岸方舱一家亲"的微信群里就开始响个不停。因为这天,与"家人"告别的日子到了。

虽然早有心理准备,但舱友们还是觉得离别来得太快,心里有太多不舍。"我们也是前一天晚上才知道的",得知医疗队要撤离的消息后,曾在江岸方舱医院住了20多天的彭黎明心急如焚,连夜组织舱友们联系采购草莓,准备送给医护人员路上吃。

"大家能力有限,且都还在隔离,没法买到更多更好的东西送给医疗队。虽然一点草莓不足以表达我们的感谢之情,但他们要走了我们什么都不做的话,心里过不去。"彭黎明说出了许多舱友们共同的心声。虽然相处的日子只有 20 多天，但彼此的情谊却已经深深种下。

由于很多舱友仍在隔离点接受隔离，不方便去送行，大家便在群里"列队"送别与感谢。"虽然我爱的人走了，但同他一样在生死线上濒死挣扎的众多武汉人，因为你们的到来才从死神的手中逃了出来！谢谢你们，为湖北拼过命！"一位舱友在群里留言说道。

中央指导组组长孙春兰代表党中央、国务院，为部分国家紧急医学救援队送行。她说，在国家最需要的时候，在湖北人民、武汉人民最需要的时候，广大医务工作者深入一线，不顾危险，不辞劳苦、不畏艰辛，英勇无畏地投入防控救治工作，体现了医者仁心的崇高精神，为湖北省、武汉市疫情救治防控工作作出了重大贡献，是当之无愧的最大功臣，是"新时代最可爱的人"。

武汉的许多普通市民们，也以各自不同的方式，跟这些逆行的医护人员们道别。交警以"最高礼遇、最深敬意、最佳形象"护航，志愿者、民警、机场和火车站工作人员列队相送。还有许多武汉市民在阳台齐声高喊："感谢你们，白衣天使"……

"幸而有你，山河无恙，致敬每一个守护生命的抗疫英雄！今天，我们兑现承诺，护送各位安全回家！"武汉天河机场的广播里，传来湖北人民最真挚的谢意。

（本文主要编选自新华社、《长江日报》、《人民日报》等相关报道）

3月18日　中国·浙江

◎ 3月18日，中共中央政治局常务委员会召开会议，分析国内外新冠肺炎疫情防控和经济形势，研究部署统筹抓好疫情防控和经济社会发展重点工作。中共中央总书记习近平主持会议并发表重要讲话。他指出，要准确把握国内外疫情防控和经济形势的阶段性变化，因时因势调整工作着力点和应对举措，确保打赢疫情防控的人民战争、总体战、阻击战，确保实现决胜全面建成小康社会、决战脱贫攻坚目标任务。他强调，湖北和武汉医疗救治、社区防控和后续工作任务依然艰巨繁重，其他地区人员流动和聚集增加带来疫情反弹风险依然存在，特别是国际疫情快速蔓延带来的输入性风险增加。要毫不放松抓紧抓实抓细各项防控工作，决不能让来之不易的疫情防控持续向好形势发生逆转。

◎ 3月18日晚，国务院总理李克强分别同欧盟委员会主席冯德莱恩和保加利亚总理鲍里索夫通电话。在同冯德莱恩通话时，李克强表示，在中国抗击新冠肺炎疫情初期，欧盟机构给予慰问，并协调提供多批物资支持。当前疫情在欧盟国家出现蔓延态势，中方对欧方的处境和困难感同身受。疫情防控没有国界。当前形势下，中方坚定同欧方站在一起，支持欧方抗击疫情努力，并为欧方通过商业渠道采购医疗物资提供便利，也愿积极开展国际合作，共同维护人类健康。希望欧方重视保障在欧盟国家的中国公民包括留学生的安全和生活便利。冯德莱恩表示，感谢中方为欧方抗击疫情提供的支持。目前欧方仍然急需采购防疫物资，希望中方继续予以协调支持。欧中携手抗击疫情，共克时艰，充分展现了双方良好的友谊与合作。欧方愿同中方保持双边关系发展势头，积极推进欧中投资协定谈判，深化各领域合作。愿为在欧盟国家的中国公民包括留学生提供必要保障和便利。在同鲍里索夫通话时，李克强表示，当前中保双方都在努力抗击疫情。中方愿同保方加强防疫经验交流，向保方提供力所能及的帮助，为保方从中国采购医疗物资提供便利。中方正同各国开展抗击疫情国际合作，相信终将取得胜利。鲍里索夫赞赏中国为防控疫情作出的努力，感谢中方帮助，希望继续得到中方支持，深化双方抗疫合作，推动两国关系发展。

◎ 3月18日，国务院办公厅印发《关于应对新冠肺炎疫情影响强化稳就业举措的实施意见》。《意见》要求深入贯彻习近平总书记关于统筹推进疫情防控和经济社会发展工作的重要指示精神，加快恢复和稳定就业，在确保疫情防控到位的前提下，毫不放松抓紧抓实抓细稳就业各项工作。

◎ 截至3月17日24时，我国31个省区市和新疆生产建设兵团首次无新增本土疑似病例。

◎ 当地时间3月18日，英国首相约翰逊宣布，为应对新冠肺炎疫情，英格兰所有中小学校将从20日起关闭。苏格兰和威尔士地方当局同日宣布20日关闭学校，北爱尔兰的中小学则从18日开始停课。

病毒是人类共同的敌人

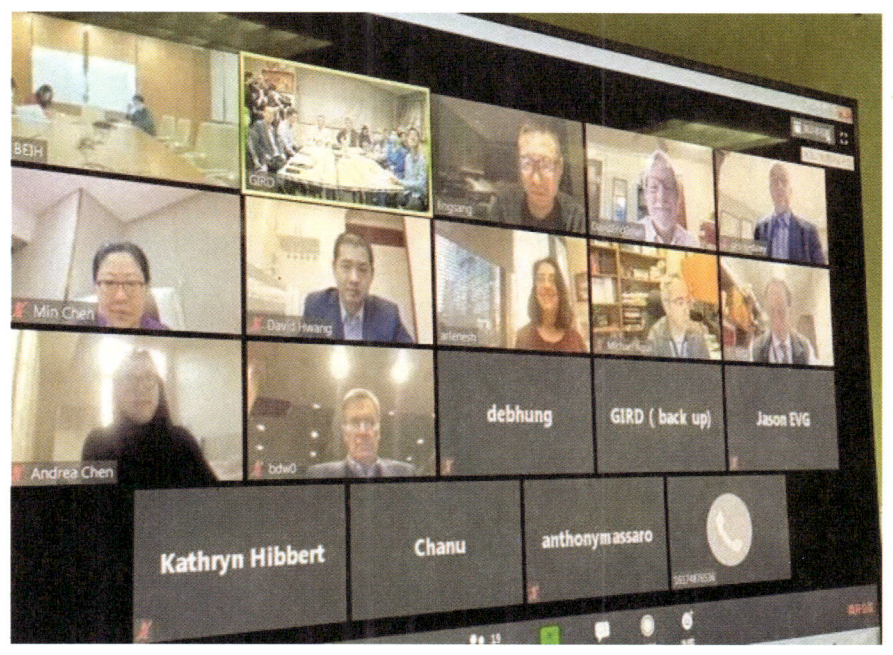

3月12日，在广州医科大学附属第一医院，钟南山院士与医院重症监护团队与美国哈佛大学医学院及美国重症监护方面的专家进行多方视频连线。

今天早上7点，在位于杭州的浙江大学医学院附属第一医院，一场跨越大洋的远程医学交流会议开始了。会议的主题是讨论如何应对人类共同的敌人——新型冠状病毒。

视频一端，是浙大一院的近百位专家教授；另一端，则是涵盖了急诊科、重症医学科、麻醉科、外科、产科、康复科等几十位专家在内的美国耶鲁大学医学专家们。对于浙大一院战"疫"两个月来的宝贵经验，耶鲁大学的医学专家们求知若渴，不断提出问题，会议讨论持续了一个多小时。

据悉，除美国外，浙大一院还收到了来自意大利、阿根廷等地大学及医疗机构的交流需求。

随着全球疫情形势日益严峻，国内多个医护团队及专家收到来自海外的求助，受邀与世界同行视频连线，分享疫情防控的中国经验。这也成为中国与世界其他国家合作防控疫情的重要方式之一。

3月12日，钟南山院士带领广州医科大学附属第一医院重症监护团队，与美国哈佛大学医学院及美国重症监护方面的专家进行多方视频连线，分享了快速检测新冠病毒和防控社区聚集性病例的经验，并交流了中美双方针对新冠病毒的最新研究成果。此前，钟南山还与欧洲呼吸学会候任主席安妮塔·西蒙斯博士进行了视频通话。

连日来，从专家连线分享抗疫经验，到派出专家团队深入各国战疫前线指导工作，再到向世界公开新冠肺炎诊疗方案及药物筛选结果……中国始终秉持着人类命运共同体的理念，以开放的姿态，毫无保留地把自己的经验分享给世界。

根据世卫组织实时统计数据显示，截至北京时间3月18日，全球新冠肺炎确诊病例已超20万例，已报告病例的国家和地区达164个。当下全球疫情肆虐，团结合作、共同抗击疫情，既是当务之急，也是人类战胜新冠病毒这个共同敌人的最好办法。

（本文主要编选自新华社、中央纪委国家监委网站等相关报道）

3月19日　中国·武汉

◎ 3月19日晚，国家主席习近平应约同俄罗斯总统普京通电话。习近平指出，这次新冠肺炎疫情来势凶猛，中国必须迎难而上，勇敢应对，因为这不仅关乎中国人民生命安全和身体健康，还关乎全世界公共卫生安全。经过艰苦努力，当前中国国内疫情防控形势持续向好，生产生活秩序加快恢复。我们有信心、有能力、有把握赢得疫情防控战的最终胜利。中方愿同包括俄罗斯在内的各国一道，基于人类命运共同体理念，加强国际防疫合作，开展防控和救治经验分享，推动联合科研攻关，携手应对共同威胁和挑战，维护全球公共卫生安全。普京表示，中国政府为抗击疫情采取了卓有成效的举措，不仅控制了国内疫情，也为保护世界人民健康安全作出了重要贡献，俄方高度赞赏中国的努力并为此感到高兴。中国向遭受疫情的国家及时伸出援助之手，为国际社会树立了良好典范。中国的行动是对个别国家挑衅和污名化中国的响亮回答。俄方希望同中方继续就抗击疫情相互支持、密切合作，不断深化俄中全面战略协作伙伴关系。

◎ 3月19日，中共中央政治局常委、国务院总理、中央应对新冠肺炎疫情工作领导小组组长李克强主持召开领导小组会议，部署调整优化防控措施，进一步精准防范疫情跨境输入输出，适应形势变化积极有序推进企事业单位复工复产。

◎ 3月19日，国务院联防联控机制召开新闻发布会。国家卫健委相关负责人表示，当前湖北及武汉患者救治工作取得了显著成效，正常医疗服务正逐步恢复。下一步，还将安排国家医疗救治专家组以及高水平重症救治团队，坚守在重症定点收治医院，直到患者救治任务全部完成。

◎ 截至3月18日24时，我国31个省区市和新疆生产建设兵团首次无新增本土确诊病例。世界卫生组织总干事谭德塞19日在日内瓦表示，目前全球新冠肺炎确诊病例超过20万例，死亡病例超过8000例，但中国首次报告无新增确诊病例，"这是一个惊人的成就"。

在这长大的日子里……

武汉市四十五中学生汪子岚在家里弹钢琴(《人民日报》/图)

对于武汉的孩子来说,这段日子,是忽然长大的日子。

今天,我们讲述其中几个孩子的故事。他们有的在隔离治疗中学会了自立成长,有的在云课堂里体会到知识的力量,有的用优美的旋律不忘诗和远方。

云云今年9岁,是2月23日转入武汉儿童医院的。父母在其他地方隔离治疗,云云只能自己照顾自己。第一个没有父母陪伴的夜晚,熄灯后,屋子里黑漆漆的,她睡不着,只能抱着玩具小兔子,一直跟它说话。第二天,一间双人病房有人出院,值班陪护组组长周丽把她补了过去,这样,云云有了生命中第一个"室友"。同病房的小病友比她小一岁,云云教她洗脸、帮她穿衣,一来二去,两个小姐妹成了好朋友。十几天下来,大家觉得云云好像长大了好多。

前些天，周丽发现云云晚上很少起夜上厕所了，她担心有什么异常，问了才知道，原来云云看到叔叔阿姨每天照顾大家很辛苦，不忍心起来上厕所让护士阿姨帮忙，所以每天晚上，她就克制自己少喝点水……

武汉市武钢实验学校初三学生丁一飞，因为返乡过年滞留在农村老家。2月10日，学校开始线上开课。身在农村的他遇到不少麻烦：回老家时，没带课本和习题集，也没带电脑，上课时，不得不同时拿着两部手机，一部用来看课本、一部用来听老师的讲授；村里网络信号不稳定，有时会出现卡顿。每次网一卡，他就要举起手机四处寻找，直到找到信号较好的地方……尽管学习条件受到许多限制，但丁一飞并没有放松对自己的要求。"这场疫情让我懂得了许多，"他说，"最重要的，是要努力学习，因为有知识，才有打败病毒和未知困难的勇气与力量。"

汪子岚是武汉市四十五中初三学生，从封城的第一天起，他就开始用视频和音乐，记录自己的日常生活。1月23日，他发布了第一篇视频日记，题目是《武汉少年说》。伴随着他弹奏的《We Are the Champions》，视频画面上打出的文字是："停业停运停航，但是街头依然有鲜花"。2月1日，封城第十天，汪子岚弹了钢琴曲《让世界充满爱》，配了温暖的文字："我们怀着同样的期待"。3月8日，他选了一首《不再犹豫》，配的文字是："向追寻理想的人们致敬"。几十篇日记、几十段音乐，也是几十段成长。几乎每段视频里，都会出现一张在红纸上书写的"武汉加油"，这是汪子岚自己写的，也是这段日子，他最想说的话。

"不管遇到多少困难，我们都在用力地爱着这个城市。哪怕只是萤火微光,也要向着明亮那方。"武汉孩子们的故事,让人们看到这座城市的希望。

(本文主要编选自《人民日报》文章《在这长大的日子里……》相关报道)

3月20日　中国和伊朗

◎ 3月20日，中共中央政治局常委、国务院总理、中央应对新冠肺炎疫情工作领导小组组长李克强在北京考察疫情防控与生活物资保障服务、复工复产推进工作、宏观政策协调实施等情况。他强调，要贯彻习近平总书记重要讲话精神，按照党中央、国务院决策部署，统筹抓好疫情防控和经济社会发展重点工作，增强紧迫感，积极有序推进复工复产，推动经济社会秩序恢复、产业和经济发展回升。

◎ 3月20日，统筹推进疫情防控和稳就业工作电视电话会议在京召开。中共中央政治局常委、国务院总理李克强作出重要批示，强调千方百计加快恢复和稳定就业，为就业创业、灵活就业提供更多机会。

◎ 3月20日，外交部发言人在例行记者会上说，中国政府已经宣布向82个国家和世界卫生组织、非盟提供援助，包括检测试剂、口罩、防护服等，其中多批援助物资已经送达受援方。

◎ 当地时间3月20日，美国总统特朗普宣布纽约州为新冠肺炎疫情"重大灾区"，为联邦提供救援物资铺平道路。据美国媒体报道，这是美国总统首次因公共卫生安全事件宣布重大灾区。

◎ 当地时间3月20日，世界卫生组织总干事谭德塞在例行记者会上高度称赞中国抗击新冠肺炎疫情成效，认为武汉新增病例为零给世界带来希望。谭德塞呼吁各国团结合作，加倍努力，尽一切可能切断病毒传播链，拯救生命。

亚当子孙皆兄弟，兄弟犹如手足亲

德黑兰贝赫希提大学中文系学生庄致远和视频制作组组长陈熙蕊正在剪辑视频

今天是伊朗一年当中最隆重的节日——波斯新年（又称诺鲁孜节）。这天恰好是中国二十四节气里的春分。春分至，万物生，波斯也有句谚语说，"好年景始于春"。这一天，湖北新冠疫情"三连零"的好消息让很多人振奋，但是对于伊朗人来说，他们一早起来看到的消息却是，伊朗卫生部发言人贾汉普尔前一天在个人社交媒体上发文称，根据最新的统计数据，在伊朗大约每小时有50人感染新冠肺炎。

如何预防新冠肺炎的视频，这些天持续成为伊朗社交平台的热搜。其中，有一些是原本在中国刷屏的汉语防疫视频，因为添加了波斯语字幕，在伊朗的社交平台上也广为流传。

这些视频的背后，离不开一个叫作"中伊防疫互助小组"的网络团体。

"中伊防疫互助小组"大约有200位志愿者，主要是由中国和伊朗两国的高校学生、教授和医务工作者组成。他们成立这一小组的初心是"中国的经验是可以借鉴的,我们应该把控制疫情的方法传播到伊朗,希望伊朗也能尽早地控制住"。

2月24日成立以来,互助小组成员们每天搜集关于疫情的科普文章,制作短视频并配上波斯文字幕,在社交媒体上推送给伊朗民众。整个团队分为资料组、翻译组、校对组、视频制作组和宣发组,他们在4天之内就推出了第一条科普视频,至今保证每天至少更新一条。

视频制作组组长陈熙蕊曾在伊朗德黑兰大学留学。她说,视频制作小组里既有专业剪辑师、业余视频爱好者,也有为了尽一份心从零开始的初学者。因为平时要上班,组内不少成员都是利用下班后的时间完成志愿工作。

如何将中文内容翻译得更地道,让伊朗人容易理解,是互助小组翻译组组长、伊朗学生马尔齐每天面对的最大难题,正在郑州留学的她几乎所有课余时间都花在了翻译工作上。"每次任务分配表一出来,都是中国同学最先开始申请。"马尔齐说,"中国朋友们对伊朗这么好让我十分感动,派遣专家、提供医疗物资、成立防疫互助小组,这些对于伊朗来说都是很大的帮助。"

随着新冠肺炎疫情的发展,新出现的医疗术语对翻译组是另一道难关。防疫互助小组内的两国职业医生专门成立了术语词典小组,在群里和翻译组成员一起讨论推敲,力求保证每个词语简洁精准。

经过一段时间的磨合,防疫互助小组工作已步入正轨,发布的视频在社交平台上得到了众多伊朗网友的关注,中国驻伊朗大使常华也在社交媒体上点赞转发了小组的视频。

在伊朗有一句妇孺皆知的诗文,那便是波斯著名诗人萨迪的名句"亚当子孙皆兄弟,兄弟犹如手足亲"。在"中伊防疫互助小组"的徽章上,一只印有中伊两国国旗的巨手握住一支铅笔,挡在新冠病毒之前。它象征着中伊两国携手互助,用科学对抗新冠病毒,搭起一座守望相助的桥梁。

(本文主要编选自新华社、第一财经等相关报道)

3月21日　中国·各地

◎ 国家主席习近平日前致电法国总统马克龙，就近期法国发生新冠肺炎疫情，代表中国政府和中国人民，向法国政府和人民表示诚挚慰问。习近平在慰问电中指出，守望相助、患难与共是中法关系的良好传统。感谢法国政府和社会各界对中国全力抗击疫情表达的支持和慰问。公共卫生安全是人类面临的共同挑战。中国政府和人民坚定支持法方抗击疫情努力，愿同法方加强合作，在互帮互助中，共同打赢疫情防控阻击战。中法同为联合国安理会常任理事国，共同负有守护全人类生命安全的重要责任。中方愿同法方共同推进疫情防控国际合作，支持联合国及世界卫生组织在完善全球公共卫生治理中发挥核心作用，打造人类卫生健康共同体。

◎ 国家主席习近平日前致电德国总理默克尔，就近期德国发生新冠肺炎疫情，代表中国政府和中国人民，向德国政府和人民表示诚挚慰问。习近平在慰问电中强调，不久前德国政府及各界以多种形式对中国疫情防控表达慰问和支持。中方坚定支持德方抗击疫情的努力，如果德方有需要，中方愿提供力所能及的帮助。公共卫生危机是人类面临的共同挑战，团结合作是最有力武器。中方秉持人类命运共同体理念，愿同德方继续分享信息和经验，加强在疫情防控、患者救治、疫苗研发等领域合作，共同维护两国以及世界其他各国人民健康福祉。

◎ 国家主席习近平日前致电西班牙国王费利佩六世，就近期西班牙发生新冠肺炎疫情，代表中国政府和中国人民，向西班牙政府和人民表示诚挚慰问。习近平在慰问电中表示，中方坚定支持西班牙抗击疫情的努力和举措，愿分享防控经验和诊疗方案，并提供力所能及的帮助和支持。人类是命运共同体，唯有团结协作才能战胜这一公共卫生安全挑战。相信只要中西两国同国际社会共同努力，一定能够取得抗击疫情的最终胜利。我高度重视中西关系发展，相信通过携手抗击疫情，两国友好互信将更加牢固，互利合作更加紧密，造福两国和两国人民。

◎ 国家主席习近平日前致电塞尔维亚总统武契奇，就近期塞尔维亚发生新冠肺炎疫情，代表中国政府和中国人民，向塞尔维亚政府和人民表示诚挚慰问。习近平在慰问电中强调，中国和塞尔维亚是全面战略伙伴，两国和两国人民"铁杆情谊"历久弥坚。在中国人民全力抗击疫情时，塞尔维亚政府和人民以实际行动给予中方有力支持，我深表感谢。中方坚定支持塞方抗击疫情的努力，将向塞尔维亚提供防护物资和医疗器械援助，并协助塞方在中国采购急需物资。中方还将派遣医疗专家组赴塞，协助提升防控效果，维护人民生命健康福祉。我高度重视中塞关系发展，相信在携手抗击疫情过程中，两国患难见真情的传统友谊将更加深入人心，全面战略伙伴关系将得到深化和升华。

◎ 3月21日，国务院联防联控机制召开新闻发布会。据介绍，目前重大项目复工率正在回升。除湖北外，对约1.1万个重点项目统计显示，截至3月20日，重点项目复工率为89.1%。分行业看，重大铁路项目基本复工；重大公路、水运项目复工率为97%；机场项目复工率为87%；重大水利工程复工率为86%；重大能源项目以及重大外资项目等均已基本复工。

◎ 世界卫生组织3月21日发布的最新数据显示，全球新冠肺炎死亡病例超过1万例，达到11201例，目前全球已有184个国家和地区出现新冠肺炎病例。

美丽的后续

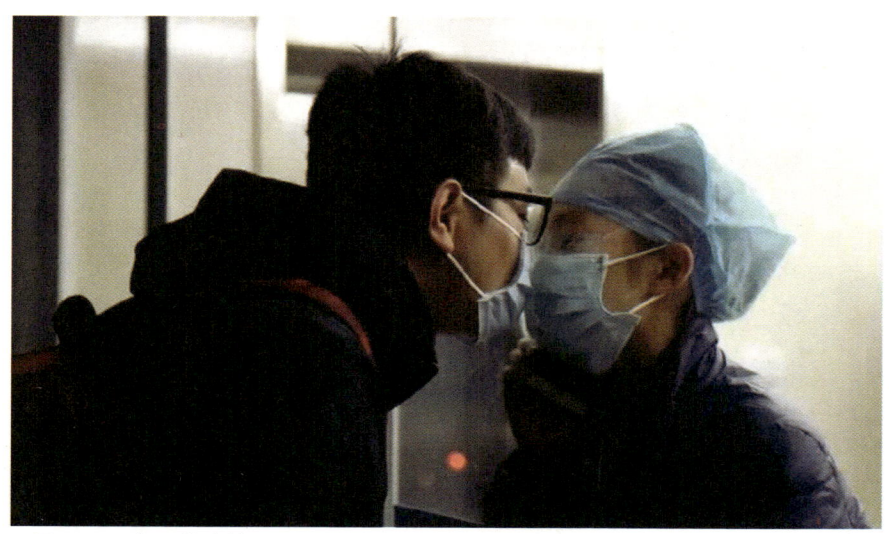

2月4日,在一线奋战11天后,陈颖终于和男朋友见面了。

还记得这张女护士跟男友"隔着玻璃门亲吻"的照片吗?昨天上午,男女主直奔民政局,终于把延迟了36天的领证"大事"给补办了。

大年初一,在家休息的浙江大学医学院附属第四医院护士陈颖接到单位通知,紧急赶回医院参加培训。结束培训第二天,她就作为首批负压病房护士去了战"疫"一线,与新冠病毒确诊的患者零距离接触。而原本计划2月14号和未婚夫黄千瑞的结婚登记,也只能泡汤了。"既然选择了这份职业,这种时候必须挺身而出。"陈颖这样说道。

2月4日,在一线战场奋战了11天后,陈颖终于和男朋友第一次见面。两人隔着玻璃戴着口罩亲吻的动人一幕,成为疫情期间感动无数网友的经典画面,甚至被认为是"爱情最美好的样子"。

"你平安回来，一年的家务我包做了！"还记得这句最美情话吗？也是在昨天，曾被丈夫喊话承诺要"包一年"家务的护士赵英明，跟随四川第二批援鄂医疗队踏上了返程。分别50多天后，二人终于要相聚了。

1月28日，在四川省第二批援鄂医疗队出发时的送别现场，蒋昊峻带着哭腔对车上的妻子赵英明大喊："赵英明，听到没有，平安回来！你平安回来，一年的家务我包做了！"这段视频在网上传开后，这句话被网友们称为"最美情话"。

这两天，随着完成救助任务的援鄂医疗队陆续撤离，网友们早就开启"云监工"模式，纷纷喊话"赵英明老公，你老婆要回来了，你一年的家务准备好了吗？""我们可都监督着呢！"对此，蒋昊峻积极回应，称"包一年家务对我来说是一件很幸福的事情"，"四川人说话绝不'拉稀摆带'！"

疫情期间，这两段曾经牵动人心、给人们带来温暖与感动的爱情如今有了后续，网友们纷纷送上"云祝福"：当初，你们为了我们，不计生死；现在，全国人民为你们送上祝福！

（本文主要编选自新华社、《人民日报》、中央纪委国家监委网站等相关报道）

3月22日　中国·北京

◎ 3月22日，国家主席习近平同纳米比亚总统根哥布互致贺电，庆祝两国建交30周年。习近平在贺电中指出，中纳建交30年来，无论国际风云如何变幻，双方始终风雨同舟、携手前行。近年来，我同根哥布总统数次会面，就建立和发展中纳全面战略合作伙伴关系达成重要共识，引领两国关系和各领域合作迈上新台阶，增进了两国人民福祉。我高度重视中纳关系发展，愿同根哥布总统一道努力，以两国建交30周年为新起点，把握好共建"一带一路"和中非合作蓬勃发展的历史性机遇，巩固政治互信，深化务实合作，为新时代中纳关系发展注入新动力，为构建更加紧密的中非命运共同体添砖加瓦。根哥布在贺电中表示，两国建交以来始终坚持团结和互利合作，纳中全天候友谊经受住了时代变迁和全球性挑战的考验。站在新的历史关头，纳方愿同中方深化务实合作，为两国关系注入新活力，构建和平、繁荣、稳定的命运共同体。纳政府和人民赞赏中方通过英勇斗争有效控制新冠肺炎疫情，愿继续同中方携手抗击疫情全球传播。相信在习近平主席坚强领导下，中国必将更加繁荣昌盛。

◎ 3月22日，国家卫健委联合湖北省新冠肺炎疫情防控指挥部开展湖北省疫情防控"疾控大培训"活动，为当地培养一支不走的公共卫生队伍。国家卫健委相关负责人表示，这次培训既着眼当前疫情防控工作需要，又放眼疾控队伍长远发展要求，旨在提高基层疾控人员和社区工作人员的防控能力和水平，为保障人民生命安全和身体健康筑牢防线。

◎ 3月22日，民航局、外交部、国家卫健委、海关总署、国家移民管理局等五部委联合发布公告，决定自3月23日零时开始，所有目的地为北京的国际始发客运航班均须从天津、石家庄等12个指定的第一入境点入境。

◎ 3月22日，中国援助塞尔维亚抗疫医疗专家组抵达塞尔维亚，由中国政府捐赠的一批医疗物资同机抵达。

这群年轻的"国门守护"志愿者

北二外翻译志愿者在新国展提供语言翻译服务（北京第二外国语学院／图）

刚拿到防护服的时候，1999年出生的王仕伟觉得自己一下子长大了。

为严防新冠肺炎境外疫情输入，从3月10日起，北京启用中国国际展览中心新馆作为入境人员集散点，用于临时集散经机场检疫后未出现发热、咳嗽等症状的低风险人群。由于涉及大量外籍人士，有关方面联系北京第二外国语学院，招募了一批翻译志愿者。

王仕伟今年大三，学日语。作为二外翻译团队的第一批志愿者，他已经在新国展集散点工作了一个多星期。由于日语组只有四名志愿者，王仕伟需要和其他同学轮班。早班5点50分就得出门，如果是夜班，回到驻地往往就要深夜1点多了。

王仕伟家住延庆，离顺义挺远，但他第一时间就报了名。3月10日，新国展集散点启用。当天上午9点多，接到提前上岗的通知，下午1点，他就拎着行李箱出现在了新国展。现场弥漫着浓浓的消毒水味，工作人员、民警、保洁人员也都穿着防护服，虽然场面比预想的要严峻，但他并不紧张。

"我们的日常防护都做得非常严密，爸妈对我也很支持。"王仕伟说，他是先报了名，才告诉的父母。"平时说日语是因为日语是我的专业，也是我的兴趣，一想到还能用日语帮助别人，我就觉得这件事很有意义。"

旅游科学学院董晨轩来报名"守护国门"时，同样没有犹豫。在新国展集散点，志愿者们需要穿上防护服，戴上口罩、护目镜、手套、鞋套，就像抗疫一线的医护人员一样。因为武装得严严实实，他们也要在防护服上写上名字才能认出彼此。工作时间长了，他们也跟医护人员一样，脸上被口罩勒出了印痕。

因为防护服是一次性的，志愿者们为避免上厕所，平时都不敢喝水。穿上防护服，汗水散发不出去，白天很闷很热，到了晚上，汗水顺着身子往下滴，又湿又冷。为了能稍微好受一些，志愿者们都是乘坐班车到了集散点之后，才在车上换衣服。最初，志愿者们需要别人帮忙才能穿上防护服，现在大家不但自己就能搞定，而且两分钟之内就能穿戴整齐。

董晨轩说，这次疫情之中，有很多90后、00后的医护人员冲在了抗疫一线，是这些同龄人给了她勇气和力量。

随着"外防输入"的工作量增加，董晨轩还负责协助学校进行第二批志愿者的招募。当时已是晚上11点多，消息刚发出去，就有40多人加她微信。"大家没有丝毫犹豫，都说随叫随到。哪怕名额已经满了。"那一晚，她逐一回复同学们发来的消息，一直忙到凌晨2点多。

3月20日下午,在北京市新冠肺炎疫情防控工作新闻发布会上,北京市政府外办副主任李辉还专门点赞了在首都机场和新国展的这帮95后、00后志愿者:"他们的辛苦付出和无私奉献得到了外籍人士一致好评,也向全世界诠释了首都青年的责任与担当。"

"我们这一代和前辈们虽然使命不一样,但使命感是一样的。"董晨轩说。

(本文主要编选自《北京日报》等相关报道)

3月23日　中国·武汉

◎ 3月23日晚，国家主席习近平同法国总统马克龙通电话。习近平强调，今年1月以来，在抗击新冠肺炎疫情的关键时期，我同总统先生3次通话，充分体现出我们之间的高度互信以及中法关系的高水平。两国发扬彼此同情支持的友好传统，相互援助医疗防疫物资，为各国人民守望相助、共克时艰树立了榜样。我密切关注当前欧洲和法国疫情发展。法方正在采取一系列积极有效防控措施，我向法国政府和人民致以诚挚慰问并表示坚定支持。中方愿继续向法方提供力所能及的支持和帮助。马克龙表示，中国政府和中国人民以巨大的勇气和果断的措施，在短时间内有效控制住疫情，我对此表示高度赞赏。法方由衷感谢中方提供的宝贵支持和帮助。法方愿同中方开展双边卫生合作，并共同推动各方在二十国集团、世卫组织等多边框架内加强合作，携手战胜疫情，应对疫情给世界经济带来的冲击。

◎ 3月23日晚，国家主席习近平同英国首相约翰逊通电话。习近平代表中国政府和中国人民对英国政府和英国人民抗击新冠肺炎疫情表示诚挚慰问。习近平应询介绍了中方防控新冠肺炎疫情的举措,强调希望英方同中方加强配合,在保障必要人员流动和贸易通畅的同时,将疫情扩散风险降至最低。中方愿向英方提供支持和帮助。相信在首相先生领导下,英国人民一定能够战胜疫情。约翰逊表示,中国政府和中国人民经过艰苦努力和巨大付出,防控疫情取得了不起的成就,我对此表示祝贺。当前,英国疫情形势严峻,英方正在研究借鉴中方有益经验,采取科学有效防控措施。英方感谢中方提供的宝贵支持和帮助,将尽力照顾好在英中国公民特别是留学生的健康和安全。我完全赞同习近平主席的看法,疫情面前,任何国家都不能独善其身,各国应加强合作。我期待同习近平主席保持密切交往,疫情过后早日访华,共同推动英中关系发展。

◎ 3月23日晚,国家主席习近平同埃及总统塞西通电话。习近平指出,这段时间,疫情在全球多国多点暴发。事实再次表明,人类是休戚与共的命运共同体。各国必须团结合作,共同应对。中国将同各国一道,基于人类命运共同体理念,加强国际防疫合作,携手应对共同威胁和挑战,维护全球公共卫生安全。疫情发生后,埃方对中国抗击疫情表达了支持,体现了中埃风雨同舟的深厚友谊和两国全面战略伙伴关系的高水平。埃及当前也面临抗击疫情的紧迫任务，中方愿同埃方及时分享疫情信息、防控救治经验、医疗研究成果，提供医疗物资，支持埃方疫情防控工作，共同抗击疫情。相信这次携手抗击疫情，将加深中埃两国传统友谊。塞西表示，中国抗击疫情取得了积极进展，这再次证明主席先生的英明领导是坚强有力的，中国人民是团结伟大的。埃方一直坚信中国能够成功战胜疫情，而且必将更加强大。埃方感谢中方提供的支持和帮助，相信通过共同抗击疫情，埃中两国友好关系将更加深入。埃中是特殊友好的伙伴。我高度重视埃中关系，愿同中方共同努力，推进两国各领域务实互利合作，加强在国际事务中的沟通协调。

◎ 3月23日，中共中央政治局常委、国务院总理、中央应对新冠肺炎疫情工作领导小组组长李克强主持召开领导小组会议，强调针对疫情变化部署外防输入内防反弹措施，在有效防控疫情同时积极有序推进复工复产。会议指出，当前，以武汉市为主战场的全国本土疫情传播已基本阻断，但零星散发病例和局部暴发疫情的风险仍然存在，疫情在全球出现大流行，形势依然复杂严峻，要保持清醒头脑，决不可掉以轻心。

◎ 3月23日，国务院新闻办在武汉举行的发布会上，中央指导组成员介绍了中医药在防治新冠肺炎中发挥的作用。据介绍，从医护人员来看，从全国调来4900余名中医药人员驰援湖北，约占援鄂医护人员总数的13%；从方药来看，目前已筛选出金花清感颗粒、连花清瘟胶囊、血必净注射液和清肺排毒汤、化湿败毒方、宣肺败毒方等有明显疗效的"三药三方"。数据显示，截至目前，新冠肺炎确诊病例中，有74187人使用了中医药，占91.5%，其中湖北省有61449人使用了中医药，占90.6%。临床疗效观察显示，中医药总有效率达到了90%以上。

◎ 当地时间3月23日，英国首相约翰逊在电视讲话中说，从当晚开始执行为期三周的"禁足令"，英国民众必须停止一切不必要的外出。他明确表示，能允许的外出仅限于以下四种情况：购买生活必需品、寻求医疗帮助、仅限一种户外锻炼方式、"绝对必要"的上下班。

人类的探路者

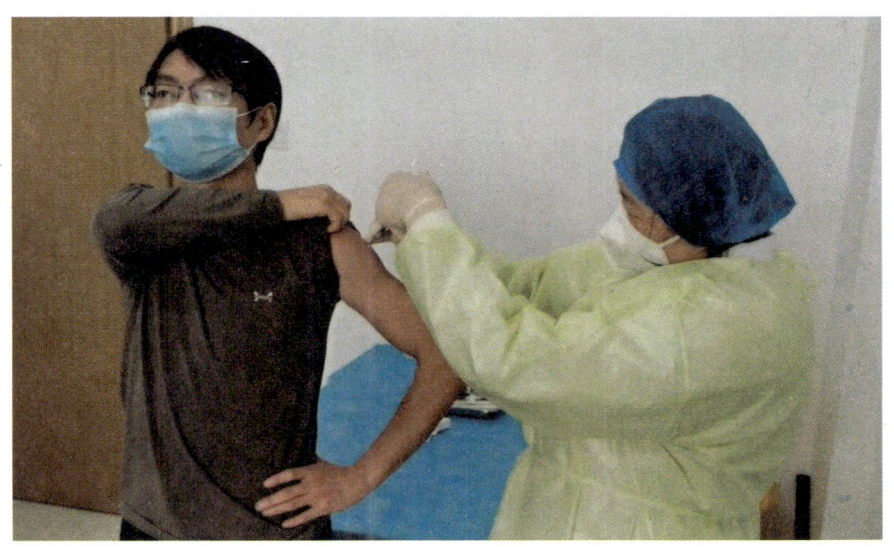

志愿者在接种新冠疫苗

有人说，他们是人类的探路者。但是新冠疫苗Ⅰ期临床试验志愿者小米（化名）一直觉得，自己就是个普通人。"我只是觉得自己刚刚好符合条件，没有太多负担，能承受结果，偶尔也想脱离一下低级趣味，真的该感谢的是所有站在普通人前面的人。"

3月17日，中国工程院院士王军志在新闻发布会上表示，我国已有研发进展比较快的单位，向国家药监局滚动递交临床试验申请材料，并且已经开展临床试验方案论证、招募志愿者等相关工作。

小米正是第一批志愿者之一。她参加的试验，叫作重组新型冠状病毒（2019-COV）疫苗（腺病毒载体）Ⅰ期临床试验。

项目负责人、中国工程院院士、军事医学研究院研究员陈薇这样解释它的原理：在"学习"病毒的前提下，对病毒进行"手术"，用移花接木的方法，改造出一个我们需要的载体病毒，并注入人体产生免疫。

Ⅰ期试验需要的志愿者并不多，仅限武汉地区常住居民，武昌、洪山、东湖风景区户籍居民优先，年龄18—60周岁。志愿者被分为低剂量组、中剂量组和高剂量组三组，每组36人。经过筛选和体检后，符合要求的志愿者可以接种疫苗。此后的14天，为集中隔离观察期。接种后半年内，医学团队会定期对志愿者进行多次随访，看其是否有不良反应，以及体内是否产生抗S蛋白特异性抗体。

测试疫苗有效性，不是让志愿者和病毒硬碰硬，而是检测其体内是否产生了一种抗体。有了抗体，说明免疫系统已经做好了准备，可以御病毒于细胞之外。

海峰（化名）和小米同批。他说，自己是当天年纪最大的志愿者。作为一个男人，或多或少还是有点家国情怀。"能给国家和社会提供一点力所能及的帮助，发挥微不足道的作用，此生无憾。"

3月18日，钟南山院士在发布会上表示，疫苗是解决新冠肺炎最根本办法，不管哪个国家做出疫苗，都不能完全供应全世界。需要互相学习，可能要有很多厂家来生产，才能够供应全世界。我们正进行夜以继日的努力，希望两三个月的时间，能取得比较大的进展。

被保护着的普通人，正和科研人员一道，进入到与新冠正面作战的战场。

（本文主要编选自新华社、《科技日报》等相关报道）

3月24日　中国·武汉

◎ 3月24日晚，国家主席习近平应约同巴西总统博索纳罗通电话。习近平指出，近来，疫情在全球多点暴发，扩散很快。当务之急，各国要加强合作。中方始终秉持人类命运共同体理念，本着公开、透明、负责任态度，及时发布疫情信息，毫无保留同世卫组织和国际社会分享防控、治疗经验，并尽力为各方提供援助。我十分关注巴西疫情发展，希望巴方尽早遏制疫情扩散。今天，中国同包括巴西在内的拉美和加勒比国家举行了视频工作会议，就疫情防控开展交流。中方愿向巴方提供力所能及的帮助，为防止疫情在世界范围扩散贡献力量。博索纳罗表示，当前新冠肺炎疫情在巴西呈现蔓延势头。巴方感谢中方为巴西在华采购必要医疗物资提供便利，希望同中方加强防控经验交流，共同抗击疫情，尽快遏制住国内疫情扩散。我向伟大的中国人民致敬，并重申巴中友谊和巴中全面战略伙伴关系坚不可摧。巴方愿同中方加强双边合作，并加强在二十国集团等多边框架内的沟通协调，为抗击疫情和经济恢复发挥应有作用。

◎ 3月24日晚,国家主席习近平同哈萨克斯坦总统托卡耶夫通电话。习近平指出,这次新冠肺炎疫情来势汹汹,对各国都是一次大考。在中国疫情防控形势最艰难时刻,哈萨克斯坦政府和各界力挺中国。当前哈萨克斯坦也出现疫情蔓延势头。在总统先生带领下,哈萨克斯坦迅速采取果断举措,体现了对全体人民负责的态度,中方对此高度评价。作为友好邻邦和永久全面战略伙伴,中方对哈萨克斯坦当前处境感同身受,将积极提供支持和帮助。中哈相互支持体现了两国关系的高水平和特殊性,为国际社会合作抗疫树立了典范。托卡耶夫表示,在主席先生英明领导下,中国人民在疫情防控方面取得杰出成就,为世界各国人民注入了信心和希望。全世界都目睹了中国医疗体系的高超水平和中国医护人员的高度敬业,中国再次展示了应对复杂困难挑战的高效治理能力。哈方对此高度评价并表示祝贺。当前,新冠肺炎疫情在世界范围蔓延,哈萨克斯坦也不能独善其身。哈方希望同中方加强合作,尽快战胜疫情。

◎ 3月24日晚,国家主席习近平同波兰总统杜达通电话。习近平指出,新冠肺炎疫情发生后,波兰政府和社会各界对中方表示慰问和支持,中国人民铭记在心。患难见真情。中方坚定支持波兰政府和波兰人民抗击疫情的努力。

中方还同包括波兰在内的中东欧十七国举行了卫生专家视频会议，及时分享疫情防控信息和有关做法。中方秉持人类命运共同体理念，愿同包括波兰在内的世界各国加强抗疫合作，共同维护全球公共卫生安全。杜达表示，中方采取及时果断有力措施，有效遏制住疫情蔓延，我对中国人民和抗击疫情的中国医护人员表示敬佩。中方有关经验值得波兰借鉴。波兰正面临疫情严峻挑战，急需医疗防护物资。感谢中方及时提供宝贵支援，这是波中深厚友谊的体现。中国经济基础雄厚，我对中国战胜疫情、实现更好发展充满信心。

◎ 3月24日，国务院总理李克强主持召开国务院常务会议，确定推动制造业和流通业在做好疫情防控同时积极有序复工复产的措施；部署进一步提升我国国际航空货运能力，努力稳定供应链。

◎ 3月24日，湖北省新冠肺炎疫情防控指挥部发布通告，宣布从3月25日零时起，武汉市以外地区解除离鄂通道管控，有序恢复对外交通，离鄂人员凭湖北健康码"绿码"安全有序流动。在做好健康管理、落实防控措施的前提下，武汉市以外地区对持有湖北健康码"绿码"的外出务工人员，经核酸检测合格后，采取"点对点、一站式"的办法集中精准输送，确保安全有序返岗。从4月8日零时起，武汉市解除离汉离鄂通道管控措施，有序恢复对外交通，离汉人员凭湖北健康码"绿码"安全有序流动。

◎ 3月24日，国际奥委会与东京奥组委发表联合声明，正式确认东京奥运会推迟至2021年举行。东京奥运会成为现代奥运史上首届延期举行的奥运会。东京奥运会和残奥会将依旧被称为2020年东京奥运会和残奥会。

◎ 3月24日，世界卫生组织数据显示，全球新冠肺炎确诊病例已超过37万例。世卫组织发言人玛格丽特·哈里斯表示，美国新冠肺炎确诊病例迅速增加，有可能成为新的疫情"震中"。

有光明，就意味着希望

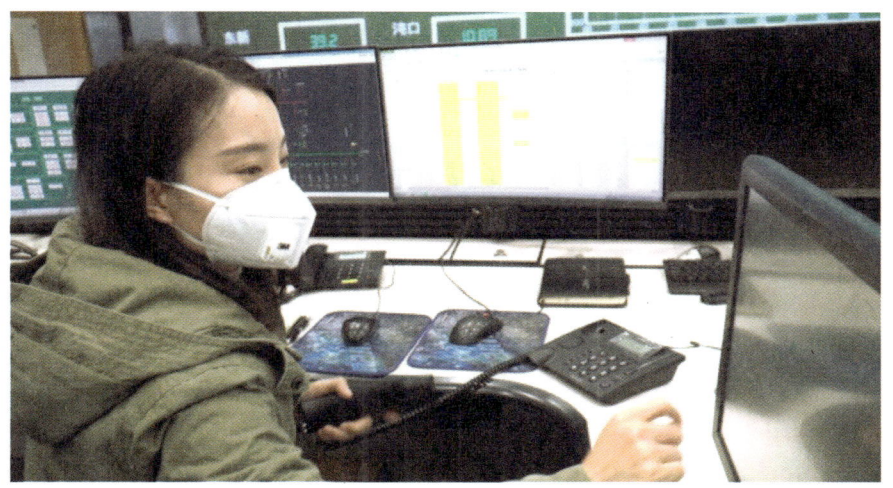

调度员卞明月在处理工作（中国电力新闻网／图）

卞明月很久没有回家了。她一直在调控"孤岛"上坚守。

1月23日，卞明月得知单位要启动封闭值班制度，毅然退掉了回扬州老家的车票，主动请缨抗疫情保供电一线。

她在国网武汉供电公司上班，是电力调度控制中心的调度员。调度系统相当于电网的大脑，是电网的指挥核心，关乎整个电网的安全。调度员岗位的专业性很强，就像开车不能没有司机一样，对于调度系统来说，调度员不可替代。在疫情期间，只有调度员安全，武汉电网才能安全，疫情防控才能有序推进。

卞明月的单位不得已，只能实行封闭值班，最大限度减少人员感染几率。12名由党员组成的保电队伍吃、住、工作都在一栋大楼里，不与家人接触，不和外界接触，彻底"封闭"在这座"孤岛"里。

疫情防控的非常时期，武汉电网的重中之重是确保医院等所有重要用户的线路在最优化的状态下运行。调控中心的工作模式也改为两班倒，一班 12 小时。截至 2 月 5 日 17 时，武汉所有保电线路近 500 条，占到武汉电网整体线路的七分之一。99 家定点医院和医疗机构、51 家隔离点、29 家支撑酒店、24 家防疫用品生产企业、48 家城市运行保障单位的"救命电"和"保命电"，每时每刻都有保电队伍的密切监视、精心守护。

"嘟，嘟，嘟，嘟……"是卞明月最害怕听到的声音，"因为任何一个小小的电力告警信号都有可能演变为严重的停电事故，在这个时候，我必须打起十二分的精神，保证所有线路不能出问题。"确保供电万无一失是卞明月和同事们共同和坚定的信念。

除了医疗救治点，他们还要全力以赴保障武汉近一千多万市民的生活用电。国网武汉供电公司电力调控中心主任曾海燕说，如果灯灭了，就真的把大家带入到了恐惧的状态，家中有电、有光明，人们心是安的，可以安心生活，"其实有光明，就意味着希望"。

可靠供电，就是为"封城"的武汉送去光明和希望。

（本文主要编选自《焦点访谈》、中国经济网、中国电力新闻网等相关报道）

3月25日　中国·武汉

◎ 3月25日,习近平总书记主持召开中央政治局常委会会议,听取疫情防控工作和当前经济形势的汇报,研究当前疫情防控和经济工作,决定将有关意见提请中央政治局会议审议。

◎ 3月25日晚,国家主席习近平同德国总理默克尔通电话。习近平强调,在中国发生新冠肺炎疫情初期,你向中方表达了慰问和支持,德国政府和各界纷纷伸出援手,中国人民铭记在心。目前德国面临疫情严峻挑战,中国人民感同身受。中方坚定支持德方抗击疫情,愿继续提供力所能及的帮助。两国专家已进行了视频交流,德国专家也随世卫组织专家组来华考察。中方愿同德方分享防控和治疗经验,加强在疫苗和药物研发方面合作,为两国人民健康福祉以及全球公共卫生安全作出贡献。祝愿你领导德国人民早日克服疫情!默克尔表示,当前欧洲疫情形势严峻,德方正在采取果断防控措施。德方感谢中方提供的及时和宝贵帮助,希望同中方开展疫苗、药物研发等领域科研合作,树立团结抗疫的榜样。德方主张基于事实,秉持客观公正立场，通过国际合作共同应对疫情。二十国集团成员应该加强协调合作，相互支持，为克服当前危机、稳定全球经济发挥引领作用。德方期待疫情过后同中方继续推进德中、欧中重要交往合作。

◎ 3月25日，湖北省市县疫情风险等级评估更新。依据国务院应对新型冠状病毒感染肺炎疫情联防联控机制《关于科学防治精准施策分区分级做好新冠肺炎疫情防控工作的指导意见》中的风险划定标准，经湖北省疾控中心组织专家评估，截至3月24日24时，湖北省低风险市县75个，中风险市县1个，无高风险市县。与3月22日相比，武汉市城区降为中风险。

◎ 3月25日，世界卫生组织宣布，全球新冠肺炎确诊病例已经超过40万例。世卫组织总干事谭德塞呼吁各国应利用好"第二次机会窗口"，抗击疫情。

◎ 3月25日，联合国秘书长古特雷斯通过视频会议发起新冠肺炎全球响应计划，以帮助最脆弱国家抗击疫情。该计划所需资金总额为20亿美元。

武汉公交车发车了!

乘车前,公交工作人员为乘客测量体温状况,进行实名登记、扫码乘车。
(《人民画报》 陈建 摄)

3月24日,湖北省新型冠状病毒感染肺炎疫情防控指挥部发布通告,从3月25日零时起,武汉市以外地区解除离鄂通道管控,有序恢复对外交通,离鄂人员凭湖北健康码"绿码"安全有序流动;从4月8日零时起,武汉市解除离汉离鄂通道管控措施;武汉市根据疫情风险等级评估情况,在做好疫情防控的前提下,推动企业分区分级、分类分时、有条件复工复产。

武汉,这座"封城"两个多月的英雄城市,正从"暂停"转向"重启",一座被束住"手脚"的城市正在舒展开来,一座被严寒围堵的城市正在焕发生机。

今天,在惊声春雷和沥沥细雨中,武汉全市有117条公交线路恢复运营，6条地铁也将在3月28日开启。

　　武汉市民朱先生从微信看到公交线路恢复的消息。今天他要参加一个会议，天气预报说有雨，正愁如何出行，这条消息无疑是雪中送炭。

　　一上午，朱先生转了三趟公交车，还经过武昌火车站，虽然每趟车上的人都不多，连他在内只有两三名乘客，但随车管理员依然很认真，每位乘客上车都要遵守严格的程序：扫码、测温、符合条件才能上车。

　　尽管目前开通的线路不到平日运力的三分之一，但对于此前只能通过共享单车出行的朱先生来说，已是可喜的进展。他所在的企业已经复工，公交的恢复让员工的出行更加便捷。

　　为做好防疫安全工作，武汉建立了实名制、可溯源的乘车机制，乘客一律凭健康码并佩戴口罩乘车，公交实行"一车一码、上下车扫码、一车一管理员"，轨道交通实行"一站一码、一车厢一码"。据"武汉发布"介绍，实名登记扫码乘车主要是为了加强源头管理，持健康码"绿码"或社区动态健康监测证明的方可乘车，以保障同行人员安全，同时对同乘追溯，后期一旦有人确诊（疑似），便可通过系统追溯。

　　公共交通是城市的毛细血管，这条血管通了，城市才会有活力。

（本文主要编选自《中国新闻周刊》等相关报道）

3月26日　中国·北京

◎ 3月26日晚，国家主席习近平在北京出席二十国集团领导人应对新冠肺炎特别峰会并发表题为《携手抗疫 共克时艰》重要讲话。习近平强调，面对突如其来的新冠肺炎疫情，中国政府、中国人民不畏艰险，始终把人民生命安全和身体健康摆在第一位，按照坚定信心、同舟共济、科学防治、精准施策的总要求，坚持全民动员、联防联控、公开透明，打响了一场抗击疫情的人民战争。经过艰苦努力，付出巨大牺牲，目前中国国内疫情防控形势持续向好，生产生活秩序加快恢复，但我们仍然丝毫不能放松警惕。当前，疫情正在全球蔓延，国际社会最需要的是坚定信心、齐心协力、团结应对，携手赢得这场人类同重大传染性疾病的斗争。中方秉持人类命运共同体理念，愿向其他国家提供力所能及的援助，为世界经济稳定作出贡献。

◎ 3月26日，国家主席习近平复信世界卫生组织总干事谭德塞，赞赏谭德塞为推动全球抗击新冠肺炎疫情所作努力，表示中国将继续为国际社会抗击疫情提供支持。习近平强调，新冠肺炎疫情再次表明，人类是一个休戚与共的命运共同体。国际社会应该守望相助、同舟共济。我们愿同世界卫生组织及各国一道，为维护全球公共卫生安全作出贡献。

◎ 3月26日，中共中央政治局常委、国务院总理、中央应对新冠肺炎疫情工作领导小组组长李克强主持召开领导小组会议，要求严格落实防止境内疫情反弹各项措施，进一步做好境外疫情经陆路水路输入风险防控工作。

◎ 3月26日，在国新办举行的新闻发布会上，国家卫健委有关负责人表示，国家卫生健康委与世界卫生组织共同举办"分享防治新冠肺炎中国经验国际通报会"，全球77个国家和7个国际组织代表参会，10万余人在线观看；专门建立了疫情防控和临床诊治领域的在线"知识中心"和国际合作专家库，通过远程视频的方式与100多个国家和地区举办了近30场技术交流会议，及时回应外方的需求，真正实现中外疫情防治技术的精准对接。

◎ 3月26日，外交部、国家移民管理局发布公告，鉴于新冠肺炎疫情在全球范围快速蔓延，中方决定自2020年3月28日0时起，暂时停止外国人持目前有效来华签证和居留许可入境。

◎ 3月26日，世界卫生组织总干事谭德塞表示，全球新冠肺炎确诊病例正呈现指数级增长。新冠肺炎全球累计确诊病例数量达到10万例经过了67天，从10万增加到20万例只有11天，再到30万例仅用了4天，到40万例只用了不到两天。谭德塞再次呼吁所有国家都采取积极措施挽救生命，他强调这是一场全球危机，需要全球共同应对。

携手赢得这场人类同重大传染性疾病的斗争

3月26日晚,在塞尔维亚首都贝尔格莱德,中方捐赠物资从飞机上卸下。
(新华社 石中玉 摄)

  重大传染性疾病是全人类的敌人。新冠肺炎疫情正在全球蔓延,各国携手战"疫"的重要性和紧迫性不断上升。今天,二十国集团领导人应对新冠肺炎特别峰会举行,中国国家主席习近平在北京出席会议并发表题为《携手抗疫 共克时艰》的重要讲话,秉持人类命运共同体理念,结合中国抗击疫情实践经验,就加强疫情防控国际合作、稳定世界经济提出了一系列重要主张,发挥了重要引领作用。

  此次二十国集团领导人应对新冠肺炎特别峰会以视频会议方式举行。与会各国领导人在会后发表的联合声明中称,G20承诺竭尽所能,使用现有一切政策工具,以最大程度降低此次大流行病对经济和社会造成的损害,恢复全球增长,维持市场稳定并增强经济韧性。

作为G20重要成员之一，中国在此次峰会上介绍"中国经验"，并阐述"中国主张"，如"要有效开展国际联防联控。各国必须携手拉起最严密的联防联控网络。要积极支持世界卫生组织等国际组织发挥作用"等。提出"中国倡议"，如"在疫情防控方面，尽早召开二十国集团卫生部长会议，加强信息分享，开展药物、疫苗研发、防疫合作"等。作出"中国贡献"，如"愿同各国分享防控有益做法，开展药物和疫苗联合研发，并向出现疫情扩散的国家提供力所能及的援助；将加大力度向国际市场供应原料药、生活必需品、防疫物资等产品；继续实施积极的财政政策和稳健的货币政策，坚定不移扩大改革开放，放宽市场准入，持续优化营商环境，积极扩大进口，扩大对外投资，为世界经济稳定作出贡献"等。

这些务实的倡议和主张，既展现了中国负责任的大国担当，也为促进应对疫情国际合作和提振全球经济贡献了中国智慧。在全球疫情愈发严重、世界经济命运攸关的时刻，此次峰会释放出的团结合作、携手抗疫的信号，为遭受疫情重创的全球经济注入了信心与力量。

（本文主要编选自《人民日报》等相关报道）

3月27日　中国和世界

◎ 3月27日，中共中央政治局召开会议，分析国内外新冠肺炎疫情防控和经济运行形势，研究部署进一步统筹推进疫情防控和经济社会发展工作，审议《关于2019年脱贫攻坚成效考核等情况的汇报》和《关于中央脱贫攻坚专项巡视"回头看"情况的综合报告》。中共中央总书记习近平主持会议。会议认为，当前，国内外疫情防控和经济形势正在发生新的重大变化，境外疫情呈加速扩散蔓延态势，世界经济贸易增长受到严重冲击，我国疫情输入压力持续加大，经济发展特别是产业链恢复面临新的挑战。要因应国内外疫情防控新形势，及时完善我国疫情防控策略和应对举措，把重点放在外防输入、内防反弹上来，保持我国疫情防控形势持续向好态势。

◎ 3月27日，国家主席习近平应约同美国总统特朗普通电话。习近平强调，新冠肺炎疫情发生以来，中方始终本着公开、透明、负责任态度，及时向世卫组织以及包括美国在内的有关国家通报疫情信息，包括第一时间发布病毒基因序列等信息，毫无保留地同各方分享防控和治疗经验，并尽己所能为有需要的国家提供支持和援助。我们将继续这样做，同国际社会一道战胜这场疫情。习近平指出，流行性疾病不分国界和种族，是人类共同的敌人。国际社会只有共同应对，才能战而胜之。特朗普向习近平详细询问了中方有关疫情防控举措，表示美中两国都正面临新冠肺炎疫情挑战，我高兴看到中方在抗击疫情方面取得了积极进展。中方的经验对我很有启发。我将亲自过问，确保美中两国排除干扰，集中精力开展抗疫合作。感谢中方为美方抗疫提供医疗物资供应，并加强两国医疗卫生领域交流，包括抗疫有效药物研发方面的合作。我在社交媒体上已公开表示，美国人民非常尊敬和喜爱中国人民，中国留学生对美国教育事业非常重要，美方将保护好在美中国公民包括中国留学生。

◎ 3月27日晚，国家主席习近平同沙特国王萨勒曼通电话。习近平强调，中方赞赏沙方作为今年二十国集团主席国为此所做大量工作。病毒没有国界，只有国际社会合作应对，才能战而胜之。习近平指出，中国发生新冠肺炎疫情后，你第一时间向我表达慰问和支持，沙特政府和各界纷纷伸出援手，向中方提供了多批物资援助，中方铭记在心。中华民族是懂得感恩、投桃报李的民族。当前，沙特也面临疫情严峻挑战。中方坚定支持沙方抗击疫情，愿提供力所能及的帮助，同沙方分享防控经验，为沙方采购医疗物资提供协助和便利，维护好两国人民生命安全和身体健康，共同维护全球和地区公共卫生安全。萨勒曼表示，中国政府采取果断有力举措，成功控制新冠肺炎疫情，我表示高度赞赏并衷心祝贺。中国的成功向全世界发出了积极信号。我对中国政府和中国人民抱有坚定信心。我相信，中国将很快战胜疫情并且变得更加强大。沙中是患难之交，两国关系高水平发展。感谢中方为沙特抗击疫情提供检测和医疗物资援助，对此沙特人民不会忘记，将始终坚定同中方站在一起。沙方希望借鉴中方成功经验，加强卫生医疗等领域交流合作。相信经过共同抗击疫情，沙中友好关系将更加深厚牢固。感谢主席先生支持沙方主办二十国集团领导人特别峰会。沙方希望同中方继续加强在二十国集团框架内协调合作，共同帮助世界尽快克服眼前这场危机。

◎ 3月27日晚，国务院总理李克强应约同欧盟轮值主席国克罗地亚总理普连科维奇通电话。李克强指出，经过全国上下和广大人民群众艰苦努力，中国疫情防控取得阶段性重要成效。当前疫情正在世界范围内蔓延，已成为全球性挑战，任何国家都无法独善其身，国际社会应当加强合作、共同应对。中方愿为克方抗击疫情提供力所能及的支持，为克方通过商业渠道从中国采购医疗物资提供便利。普连科维奇说，当前疫情在克罗地亚蔓延，希望在防疫物资和设备采购方面得到中方支持。克中两国合作项目持续顺利推进，相信疫情之后将迎来更多务实合作成果。克罗地亚作为欧盟轮值主席国，致力于推进欧中合作，将尽快召开欧盟—中国卫生部长视频会议，交流经验，携手共同抗击疫情。

◎ 3月27日晚，国务院总理李克强应约同奥地利总理库尔茨通电话。李克强表示，当中国人民处在抗击新冠肺炎疫情的艰难时期，奥地利政府和人民给予了宝贵支持和帮助。目前疫情在奥地利快速蔓延，中方坚定支持奥方抗击疫情的努力，愿提供力所能及的帮助，继续为奥方在华采购和运输医疗物资提供便利。希望奥方切实保障在奥中国公民包括留学生的安全和生活便利。库尔茨表示，奥方对中国抗击新冠肺炎疫情取得的成效印象深刻。奥中是好朋友。当前奥方疫情防控面临严峻挑战，仍需采购必要的医疗物资和设备，希中方继续提供帮助。

◎ 美国约翰斯·霍普金斯大学的数据显示，截至美国东部时间26日18时（北京时间27日6时），美国新冠肺炎确诊病例达82404例，成为全球新冠肺炎确诊病例最多的国家。

卫星眼中的人类命运共同体

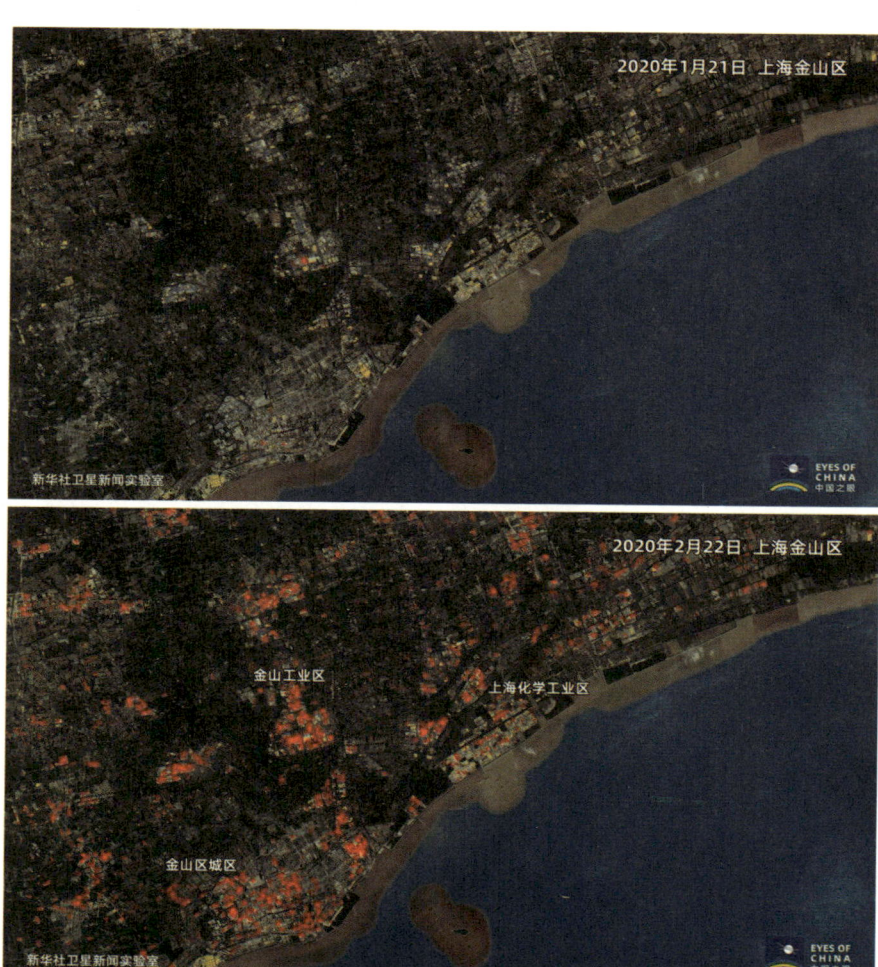

这是位于上海市西南部、杭州湾北岸的金山区,时隔一个月的卫星图对比。红色代表该地地面温度高于整个地区平均气温,通常来自火灾、工业/能源生产和大密度的人口生活、生产。(新华社/图)

  卫星能清楚地看到地球的变化和人类的活动。

  他在这颗日夜伴随的蓝色星球上看到,每年发生数百万次地震、数十万次森林火灾。于是，他理解人类所面对的自然灾害挑战是共同的。

他能监测到，2015年至2019年可能是地球有记录以来最热的五年，热浪、大火、洪水和干旱频频威胁全球。他能看到，2019年大火给"地球绿肺"亚马孙雨林新添了9250平方公里的疤痕。于是，他理解了人类所面对的气候变化挑战是共同的。

2020年春天，他发现很多城市的生活发生了巨大变化。各种活动纷纷被取消，工作场所被严格管理，学校关闭、街道空旷，全球5亿多人不再出现在公共场所……如果他知道新冠肺炎，那么他就会理解病毒不分国界，人类所面对的公共卫生健康挑战是共同的。

他还看到，中国各地在夜以继日地加速复工。从口罩到各种工业配件，满载防疫、生产物资的航班从中国飞往世界各地。在接受多个国家的帮助后，中国向89个国家和4个国际组织提供援助。于是，他理解了人类的同舟共济、团结抗疫。

对于卫星而言，他不能理解人类的情感与逻辑，但他从太空的角度看到了人类跨越国界的相互联结，以及兴衰与共的共同命运。

(本文主要编选自新华社《卫星眼中的人类命运共同体》相关报道)

3月28日　中国·武汉

◎ 中组部、财政部近日联合下发通知，对各地区各相关部门做好党员自愿捐款资金分配使用工作作出安排。通知明确，党员捐款资金主要用于慰问战斗在疫情斗争第一线的医务人员、基层干部、公安民警、社区工作者、志愿者和新闻工作者等，其中重点慰问一线医务人员。

◎ 响应党中央号召，连日来，全国广大共产党员继续踊跃捐款，表达对新冠肺炎疫情防控工作的支持。据统计，截至3月26日，全国已有7901万多名党员自愿捐款82.6亿元。捐款活动仍在进行中。

◎ 3月28日，武汉轨道交通部分线路恢复运营。截至下午5时，武汉轨道交通线网客运量达12.72万乘次。

◎ 美国约翰斯·霍普金斯大学发布的数据显示，截至美国东部时间28日4时26分（北京时间16时26分），全球新冠肺炎累计确诊病例已超过60万例。

今天凌晨,K81次列车抵达武汉!

3月28日,开往德国杜伊斯堡的中欧(武汉)班列从中铁联集武汉中心站驶出。(新华社 肖艺九 摄)

今日零点24分,西安到广州的K81次列车缓缓停靠在武昌火车站站台。这是自28号凌晨,恢复办理武汉市铁路客站到达业务后的第一列经停武汉的旅客列车。

65天前,湖北省武汉全市城市公交、地铁、轮渡、长途客运暂停运营,机场、火车站离汉通道暂时关闭。65天后,自3月28日零时起,恢复办理武汉市铁路客站到达业务。武汉的铁路大动脉,正在逐渐恢复跳动频率。

首趟列车上下来的3名旅客,都是返汉务工人员,"两个月了,心里很激动,终于回来了!"42岁的王小胜在蔡甸一家工厂工作了两年。年前回平顶山老家过春节,最近厂里通知复工,他一直在网上关注返汉信息，"昨天晚上8点在网上买到了票"。

今天途经及终到武昌站的载客列车约70列。根据防疫的要求，在出站口，工作人员将对到达旅客进行测温，提醒旅客佩戴口罩、排队出站时保持一定距离。

为了做好迎接旅客的准备，武昌站在做好站内日常消杀的基础上，于前两天开展了一次深度消杀。对站内设备设施、出站通道、电梯、验票口及红外测温等设备设施进行了检查维护，确保开放出站通道后设备设施运行良好。

今天，中欧班列（武汉）也恢复开行了。上午10点，装载着50组集装箱的中欧班列（武汉）从中铁联集武汉中心站发出，预计15天后抵达德国杜伊斯堡。

这趟班列86%的货物是本地货源，其中包含五大类：一是宝马、奔驰等汽车配件；二是冠捷、富士康等企业生产的电子产品；三是长飞通信光纤；四是匈塞铁路建设物资；五是本土生产的医用无纺布、医用桌布等疫情防护用品。其中疫情防护用品有19个大柜，占比38%，重达166.4吨。

这是疫情防控以来，中欧班列（武汉）开出的首趟去程班列，标志着班列开始恢复常态化运营。

（本文主要编选自《湖北日报》、《长江日报》、《南方周末》等相关报道）

3月29日　中国·武汉

◎ 3月29日，在国务院联防联控机制新闻发布会上，国家卫健委新闻发言人表示，3月28日，现有确诊病例降至3000例以下，本土疫情传播已基本阻断。累计报告境外输入确诊病例693例，来自42个国家，其中数量较多的7个国家占总数的83.4%，引起新一轮传播扩散的可能性依然较大。当前，要继续防范本土病例零星散发和境外输入病例传播的双重风险，及时发现、快速处置，精准防控。

◎ 3月29日零时起，恢复湖北省除武汉天河机场外其他机场的国内客运航班。4月8日零时起，恢复武汉天河机场国内客运航班。

◎ 据美国约翰斯·霍普金斯大学实时统计数据显示，截至北京时间3月29日7时11分，全球新冠肺炎确诊病例已突破66万例，达660706例，死亡病例超3万例，达30652例。

康复驿站里的温情故事

康复驿站里一场特殊意义的生日会（凤凰网湖北／图）

通过医护人员的日夜艰苦奋战，武汉市大量新冠肺炎患者治愈出院。按照武汉市新冠肺炎疫情防控指挥部要求，患者治愈出院后，需要到指定场所，接受为期14天的康复隔离和医学观察。这些康复隔离点，有一个温馨的名字——"康复驿站"。

3月15日上午9时，长江新城康复驿站的广播里，播报着部分康复人员的名字。"祝您生日快乐！"大家正纳闷，广播里随之响起深情的祝福。原来这是康复驿站工作人员准备已久的生日会，"寿星"们是3月份过生日的康复人员。

在欢呼声中，"寿星"们走到蛋糕桌前，医护人员帮他们拍照，其他康复人员也带来即兴的舞蹈和歌曲。"我这人从不过生日，没想到第一次为我过生日的，竟是这些可爱的医护人员。"戴上"皇冠"，接过工作人员递来的蛋糕，康复人员叶先生激动不已。

"多亏了你们的照顾，我才能健康回家，谢谢！"昨天上午，武汉市汉阳区长江工程职业技术学院康复驿站，准备回家的李菊珍拎着大包小包的行李，对康复驿站的工作人员一一道谢。一些不能带走的被褥、毛巾等生活用品，都整整齐齐地摆放在她入住的宿舍里。自3月14日治愈出院后来到这里隔离观察以来，她每天都会把宿舍打扫一遍，"虽然宿舍是别人的，但是生活是自己的。没有家人陪，同样很温馨。"

担心康复人员心中恐惧，康复驿站指挥长王峰特意为每一名康复者写了封信："春天的气息越来越浓，院子里的玉兰花已经盛开了……我们也要感谢你们全力配合、积极面对，为遏制疫情做出努力。"

康复驿站，如同一个心灵的驿站、一个温暖的家。在这里，医护人员和康复者亲如一家人。

（本文主要编选自《人民日报》、《湖北日报》等相关报道）

3月30日　中国·陕西

◎ 3月30日，中共中央政治局常委、国务院总理、中央应对新冠肺炎疫情工作领导小组组长李克强主持召开领导小组会议，要求抓好巩固防控成效各项工作，突出做好无症状感染者防控。

◎ 3月30日，在国务院联防联控机制新闻发布会上，工信部相关负责人介绍，总体看，全国工业基本面初步实现了稳定。截至3月28日，全国规模以上工业企业平均开工率达到了98.6%。

◎ 3月30日，鉴于新冠肺炎疫情"全球大流行"可能给发展中国家造成严重影响，联合国开发计划署宣布，将向国际社会募集5亿美元，用于支持100个发展中国家抗击疫情，并在疫情结束后帮助这些国家恢复社会和经济发展。

◎ 3月30日起，俄罗斯首都莫斯科实施限制人员流动的强制性措施。此外，俄罗斯从30日零时起关闭所有陆上和水上边境。

就业服务不打烊

陕西泾河好邦食品有限公司的厨师郑凯正在准备配菜（《人民日报》原韬雄 摄）

火苗舔着锅底，厨师郑凯挥舞着大勺，锅里的菜"滋滋"作响。"最后一个菜，出锅！"郑凯吆喝着。

3月27日，后厨锅碗瓢盆的"协奏曲"热闹红火，到这一天，郑凯已经上班整整一个月。"今天炒了4个大锅菜，肩膀都酸了。"郑凯笑着说，"只要能重新摸炒勺，再累也不怕！"陕西省西咸新区泾河新城的陕西泾河好邦食品有限公司是一家肉鸡加工企业，郑凯现在负责公司300多名工人的一日三餐，工人们都夸他手艺好。

郑凯是泾河新城泾干街道西关村村民，疫情期间一直在家。"以前在一家餐馆当厨师，餐厅一直没开业。可迟迟不复工，在家越待越心急。"

"病毒无情人有情，泾河近地就业行"，村里贴出的宣传语让郑凯心里直痒痒。

2月底，郑凯在村小组的微信群看到好邦公司的招聘，立刻向村里申请。"第二天就到公司应聘，体检合格，直接办手续上岗。"郑凯说，"这里的防疫措施很严格，可以放心干活！"

好邦公司总经理雷军峰说："我们的鸡肉大部分需要手工加工，人手最紧张的时候所有管理销售人员都充实到生产一线。我们也发了一些招聘启事，效果一直不好。"

一面是用工难，一面是就业难，泾河新城人社民政局架起了化解两难的直通桥梁。自2月17日起，泾河新城开始摸排辖区复工企业用工需求，随后迅速成立新城、街镇、村组、企业四级联动机制的"24小时用工服务队"，通过微信工作群，每条企业用工信息都能第一时间传递到各村组的微信群中，方便群众选择就业。

"短短几天就有50多人应聘，大大缓解了我们企业的用工难问题。现在产能拉满，一心一意搞生产。"雷军峰说。

泾河新城人社民政局相关负责人介绍："截至3月29日，泾河新城共帮助辖区52家企业解决了用工问题，累计帮助630余名辖区群众就近解决就业。下一步我们将继续多渠道发布招聘信息，跟踪重点企业的用工需求，线上招聘不停歇，就业服务不打烊。"

（本文主要编选自《人民日报》文章《政策解难题 服务送温暖》相关报道）

3月31日　中国·武汉

◎ 3月31日，国务院总理李克强主持召开国务院常务会议，确定再提前下达一批地方政府专项债额度，带动扩大有效投资；部署强化对中小微企业的金融支持；要求加大对困难群体相关补助政策力度。

◎ 3月31日下午，国务院总理李克强应约同爱尔兰总理瓦拉德卡通电话。李克强表示，当前新冠肺炎疫情在多国蔓延，爱尔兰也受到疫情冲击。中方坚定支持爱方抗击疫情的努力，愿在力所能及范围内向爱方提供必要帮助，为爱方从中国采购和运输医疗物资提供便利，加强防治经验交流，在医药研发等方面开展合作。爱尔兰有为数不少的中国公民在那里生活和学习。中国政府高度重视保护海外中国公民的身体健康和合法权益。希望爱方采取切实有效措施保障在爱中国公民包括留学生的安全和生活便利。瓦拉德卡表示，中国抗击疫情取得令人瞩目的成绩和进展，及时向世界卫生组织和国际社会分享信息，值得世界各国尊重。当前疫情在爱尔兰扩散蔓延。爱方感谢中方给予的支持和帮助，希望在防疫物资采购方面得到中方支持,加强两国医药研发合作。爱方将切实保障好包括留学生在内的在爱中国公民的合法权益。

◎ 3月31日下午,国务院总理李克强应约同阿尔及利亚总理杰拉德通电话。李克强表示,中阿传统友谊深厚。在中方抗击新冠肺炎疫情初期,阿方向中方捐赠急需的抗疫物资,体现了双方患难与共的深厚情谊。近期疫情在中东地区蔓延,阿尔及利亚抗击疫情任务艰巨,中方对此感同身受,将同阿方坚定站在一起,愿向阿方提供力所能及的帮助,分享防控经验。希望阿方为在阿中国公民的安全和生活便利提供保障。中方愿同阿方持续推进双方重大合作项目建设。相信在战胜疫情后,中阿各领域合作将迈上新台阶。杰拉德表示,面对新冠疫情在全球蔓延,各国应当守望相助,加强多边合作。阿方赞赏中方为抗击疫情付出的努力,感谢中方给予的真诚帮助,希望在防疫物资、设备和医疗救治等方面继续得到中方支持。阿方对两国全面战略伙伴关系感到满意,愿同中方一道推进双边大项目合作。

◎ 3月31日,教育发布《关于2020年全国高考时间安排的公告》。经党中央、国务院同意,2020年全国普通高等学校招生统一考试延期一个月举行,考试时间为7月7日至8日。湖北省、北京市可根据疫情防控情况，研究提出本地区高考时间安排的意见，商教育部同意后及时向社会发布。

◎ 3月31日，联合国秘书长古特雷斯通过视频发布联合国《共担责任、全球声援：应对新冠肺炎疫情的社会经济影响》报告。他表示，新冠肺炎疫情是联合国成立以来面临的最大考验，国际社会应加强协调，共同应对。只有团结一致，抛开政治游戏并认识到困难，才能共同战胜这场危机。

"这次,我来做一名医生!"

3月31日,李兰娟院士和团队成员从武汉返程。(新华社 程敏 摄)

今天上午9时许,中国工程院院士、国家卫健委高级别专家组成员李兰娟团队一行10人,踏上返程之路。东湖高新区、武汉大学人民医院为其举行了简单而隆重的欢送仪式。

"一路平安!"武汉大学人民医院医护人员挥动着手中旗帜,依依不舍地送别与他们并肩作战了58天的"同袍战友"。

出发前,李兰娟院士表示,全国七万多名医护人员在武汉并肩作战,看到患者一个个好转,这就是医护人员最大的安慰。武汉目前疫情"大局已定",逐步向好,但疫情仍未结束,要继续抓好重症患者救治工作,谨防境外输入病例。

国家卫健委组建的"援鄂重症新冠肺炎诊治李兰娟院士医疗队"由来自浙大一院和树兰(杭州)医院的医护人员组成,包括感染病学、重症医学、院感、护理等专业的人员，2月2日抵达武汉，进驻武汉大学人民医院东院区。

"这次，我来做一名医生！"抱着这个朴素的想法，李兰娟院士和团队接管了武汉大学人民医院东院区ICU，和本院医护一同抢救危重症患者。此后两个月的每天上午到医院会诊患者就成为她不变的日程。

"这两个月来的每一天都惊心动魄。"李兰娟院士说，"武汉大学人民医院东院最多时收治了800多名新冠肺炎患者，救治任务非常繁重，如何降低病死率对我们是一道难题。"

通过近两个月的努力，李兰娟院士团队降低了重型、危重型患者的病死率。该团队关于重型新冠肺炎患者的临床救治经验和研究成果，已经写入了国家诊疗方案。

"两个月来，我们共同见证了武汉人民与疫情的斗争。在武汉全体人民的努力下，在全国各地的帮助下，这场伟大斗争取得成果。"李兰娟两次用"伟大"形容武汉战"疫"。"3月18日，武汉实现新增确诊为零。到目前，重症患者不断减少，在院患者总数不到1500人，武汉战'疫'伟大斗争取得阶段性成果。"

（本文主要编选自央视新闻、新华网、《长江日报》、每日经济新闻等相关报道）

4月1日　中国·武汉

◎ 3月29日至4月1日，中共中央总书记、国家主席、中央军委主席习近平在浙江省委书记车俊和省长袁家军陪同下，先后来到宁波、湖州、杭州等地，深入港口、企业、农村、生态湿地等，就统筹推进新冠肺炎疫情防控和经济社会发展工作进行调研。习近平强调，要全面贯彻党中央各项决策部署，做好统筹推进新冠肺炎疫情防控和经济社会发展工作，坚持稳中求进工作总基调，坚持新发展理念，坚持以"八八战略"为统领，干在实处、走在前列、勇立潮头，精准落实疫情防控和复工复产各项举措，奋力实现今年经济社会发展目标任务，努力成为新时代全面展示中国特色社会主义制度优越性的重要窗口。

◎ 4月1日，中共中央政治局委员、国务院副总理、中央指导组组长孙春兰召开抗疫一线专家院士和科研工作者座谈会，听取新冠肺炎疫苗研发、治疗技术和药物科研攻关等进展情况汇报，强调要坚持临床和科研结合，打破壁垒，总结经验，给予更大支持，推动超常规创新，为战胜疫情提供有力科技支撑。

◎ 4月1日起，国家卫健委在疫情通报中公布无症状感染者报告、转归和管理情况。截至3月31日24时，31个省（自治区、直辖市）和新疆生产建设兵团报告新增无症状感染者130例，当日转为确诊病例2例，当日解除隔离302例。尚在医学观察无症状感染者1367例，比前一日减少174例。

◎《科学》杂志日前登载的研究报告显示，中国的防控措施成功地打破了病毒传播链。4月1日，外交部发言人在例行记者会上表示，这份报告与世卫组织的意见一致，也是很多国家领导人和专家的共识。

◎ 4月1日，世卫组织总干事谭德塞表示，过去一周全球新冠肺炎死亡病例增加了1倍多，疫情几乎遍及所有国家和地区，未来几天全球确诊病例将达到100万例，死亡病例也将超过5万例。

晒出万张窗前春光

鸟儿在窗前嬉戏（彭艳芳 摄）

　　樱花、海棠、油菜花、二月兰……武汉人民宅家战"疫"的春天，窗外的花都开好了。

　　为了丰富人们的居家文化生活，武汉政府和当地媒体从3月13日开始开展了"'晒'出我家的春天"征集互动活动，截至目前已经收到了近万张投稿作品。市民们拍摄的海量"春光"，彰显着武汉人蓬勃向上、坚强乐观的正能量。

　　蔡明勇是一名教育工作者，疫情期间下沉到后官湖社区值守，风雪无阻。3月10日，武汉经历了一场风雨。他在值守时无意中看到蔡甸南湖小学栅栏外的油菜花一片生机盎然，经历风雨后，依然美丽绽放。

　　蔡明勇说，那一瞬间他心生温暖,赶紧用手机拍下这个动人瞬间，"晶莹剔透的雨露，在阳光的照耀下，发出迷人的光韵。虽然它们都被铁栅栏围着,但是阻挡不了春天的脚步。我们只要有一颗向阳感恩的心,就能感受到生命中无处不在的美好"。

彭艳芳拍摄的近十张窗前春景也十分醒目:不同的鸟儿在窗前嬉戏,时而叼食,时而打闹,甚至还可爱地亲亲嘴巴。彭艳芳说,在阳台上拍照是在宅家一个月后开始的,她和60多岁的先生每天早晨架起相机,直到傍晚。"看到各种鸟儿结伴来到我家,实在是可爱极了。我们用镜头记录了鸟儿的一举一动,这也是记录我们宅家战'疫'的侧面。祈祷疫情早日散去,生活早日走上正轨。"

胡燕拍下了家中盛开的火红长寿花,以此寄托对武汉的期冀和祝福:"长寿花寓意大吉大利、长命百岁和福寿吉庆。在病毒肆虐的时候,我们守在家里,希望武汉能够尽快清除病毒,大家都能在春天里自由奔跑。"

宅家这段时间,胡燕最挂念的是月湖公园的樱花。她笑着说,今年看不了,明年一定补上。"原本赏花是件多么容易的事儿,现在却觉得很珍贵,往后我们一定会更加珍爱身边的一切,幸福地生活。"

(本文主要编选自《长江日报》文章《市民居家晒出万张窗前春光》相关报道)

4月2日 世界·各地

◎ 4月2日,国家主席习近平同比利时国王菲利普通电话。习近平指出,当前,新冠肺炎疫情在全球蔓延,欧洲和比利时面临严峻挑战,我代表中国政府和中国人民向比利时王室、政府和比利时人民表示诚挚慰问和坚定支持。在中国抗击疫情的关键时期,比利时各界以不同方式向中方表达慰问和支持,体现了两国人民守望相助的深厚友谊。中方愿急比方之所急,尽力帮助比方解决当前防疫物资紧缺困难,同比方分享疫情防控有益经验,共同推动疫苗和药物研发等领域合作。相信在比利时王室和政府领导下,比利时人民一定能够战胜疫情。希望比方高度重视并做好在比利时中国公民特别是留学生的安全保障工作。菲利普表示,当前新冠肺炎疫情冲击世界各国。中国率先控制疫情,中国经验对其他国家具有重要借鉴意义。中国为各国抗击疫情提供了支持,作出了贡献。比方感谢中方提供急需医疗防护物资。比方愿意在药物研发方面同中方开展合作。患难见真情。中国是比利时真正的朋友。我将永远珍视这份友好情谊,继续积极促进两国交往合作。

◎ 4月2日，国家主席习近平同印度尼西亚总统佐科通电话。习近平指出，当前，新冠肺炎疫情在包括印尼在内的多国多点暴发，我代表中国政府和中国人民向印尼政府和印尼人民表示诚挚慰问。经过艰苦卓绝努力，中国人民走出了最困难时期。我们对印尼目前面临的困难感同身受，愿提供支持和帮助，共克时艰。相信在总统先生领导下，印尼终将战胜疫情。佐科表示，在习近平主席领导下，中国人民抗击疫情取得重要成果，值得世界借鉴。感谢中方为印尼抗击疫情提供物资援助和宝贵支持，这对印尼非常重要。病毒无国界，是人类的共同敌人。印尼坚决反对任何污名化行为，愿同中方一道，推动国际社会加强团结合作。印尼期待同中方深化合作，推动两国关系发展。

◎ 4月2日，中共中央政治局常委、国务院总理、中央应对新冠肺炎疫情工作领导小组组长李克强主持召开领导小组会议，部署加强无症状感染者管理并开展流行病学调查，做好陆地边境防范疫情跨境输入工作，优化防控措施有力有序积极推进复工复产。

◎ 4月2日下午，国务院总理李克强应约同越南政府总理阮春福通电话。李克强表示，中越互为重要近邻。当前新冠肺炎疫情在包括东南亚在内的全球多地蔓延，中越双方应与地区国家一道努力，密切协调配合，加强防疫合作和经验交流，共同遏制疫情在本地区蔓延，稳定产业链供应链，维护地区经济发展。在中国发生新冠肺炎疫情之初，越方向中方致以慰问并提供物资支持。中方愿在力所能及的范围内为越方防控疫情提供必要的帮助和支持。阮春福表示，越中是山水相连的好邻居。越方高度评价中方抗击疫情取得的重要成效，感谢中方向越方提供支持和帮助。越方愿同中方相互借鉴防控经验，逐步恢复各领域交流与合作，将采取措施保障在越中国公民的健康安全。越方致力于同各方团结一致，共同维护地区公共卫生安全，推进东盟与中国关系发展。

◎ 4月2日，中国共产党同世界上100多个国家230多个政党联合发出共同呼吁，指出新冠肺炎疫情对人类卫生健康及世界和平发展构成最紧迫和最严峻的挑战，各国应把人民生命安全和身体健康放在第一位，采取果断有力措施遏制疫情蔓延，秉持人类命运共同体意识，加强国际合作，相互支持和帮助，汇聚全球资源和力量，坚决打败病毒这一人类的共同敌人。

◎ 近日，湖北省人民政府根据《烈士褒扬条例》和《退役军人事务部 中央军委政治工作部关于妥善做好新冠肺炎疫情防控牺牲人员烈士褒扬工作的通知》精神，评定王兵、冯效林、江学庆、刘智明、李文亮、张抗美、肖俊、吴涌、柳帆、夏思思、黄文军、梅仲明、彭银华、廖建军等14名（按姓氏笔画排序）牺牲在新冠肺炎疫情防控一线人员为首批烈士。

◎ 美国约翰斯·霍普金斯大学发布的数据显示，截至北京时间4月2日16时，美国累计确诊病例达到216722例，死亡病例达到5137例。单日新增死亡病例超过1000例。目前美国已经有30个州被批准宣告进入"重大灾难状态"。

留学生,你的背后有祖国

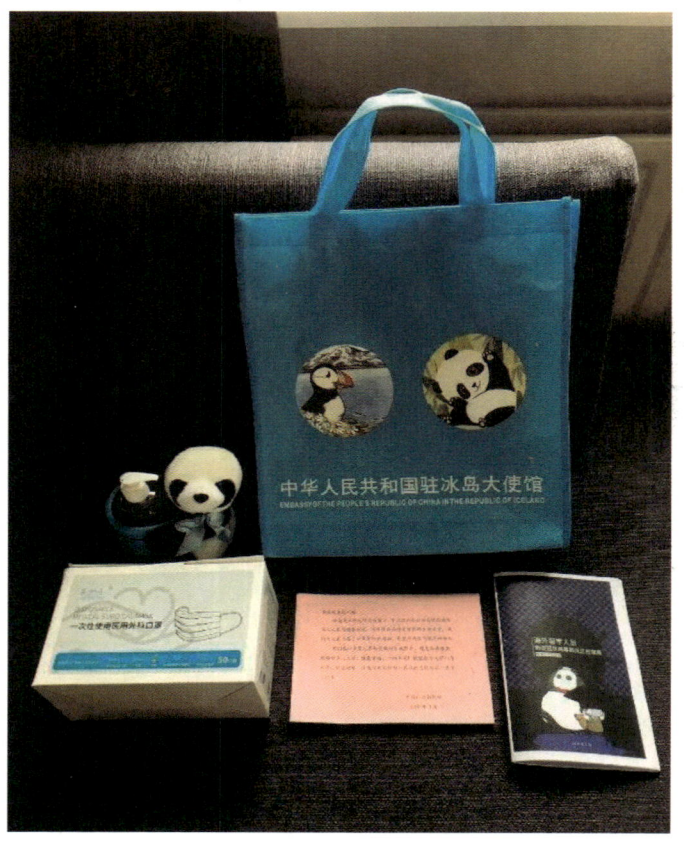

驻冰岛使馆发给冰岛留学生的"防疫健康包"

近日,一位在意大利米兰的中国留学生 Leo 收到中国驻意使馆给留学们发的健康包。其中一处细节让他尤为感动:健康包里有一张纸条,上面用毛笔题写着"细理游子绪,菰米似故乡",字迹墨透纸背。

德国留学生小林也收到了来自中国大使馆的健康包,里面除了口罩,还有酒精、洗手液。"之前国内疫情处于上升期时,我还从德国买了口罩寄回国。后来德国疫情也开始了，买不到口罩的我只能瑟瑟发抖。"小林不由感叹，"在这节骨眼上，我的第一个口罩是祖国给的，这种感动真不是矫情。身在异乡的人，自然就懂了。"

还有，中国驻英使领馆准备了近20万个爱心"健康包"，里面含有口罩、消毒水和防疫指南等，中国驻英国大使刘晓明在与同学们连线时表示，每个留学生都有；在疫情较为严重的意大利，大使馆不仅帮中国留学生筹集到了口罩，还准备了4500盒连花清瘟胶囊，分装后寄给他们；驻科威特使馆给中国留学生发放的"健康包"里装有体温计、一次性手套等全方位防疫物资……

这一份份健康包来之不易。

在今日举行的国新办发布会上，外交部副部长马朝旭介绍，目前，外交部正把为留学生提供健康包当作重要的工作，源源不断地向中国留学生比较集中的国家调配50万份健康包，包括1100多万个口罩，50万份消毒用品以及防疫指南等物资。

在发布会上，马朝旭还展示了冰岛大使馆为留学生提供的健康包，里面有口罩、防疫指南、洗手液等。他说，健康包虽然小，但传递的是祖国、党和人民的关爱和呵护。

目前国内疫情防控取得阶段性成果，但国外的情势依旧胶着，正是因为经历过这场战"疫"，深知其中不易，所以才更明白留学生们此刻在国外的艰难以及对物资的急需。中国驻外使领馆向留学生们发放健康包，是从国家的层面为他们提供实在可靠的帮助，解决实际存在的问题，同时也在告诉他们：你不是一个人，你们的背后有祖国！

（本文主要编选自《光明日报》、共青团中央微信公众号等相关报道）

4月3日 中国·武汉

◎ 4月3日上午，中共中央总书记、国家主席、中央军委主席习近平在参加首都义务植树活动时强调，在全国疫情防控形势持续向好、复工复产不断推进的时刻，我们一起参加义务植树，既是以实际行动促进经济社会发展和生产生活秩序加快恢复，又是倡导尊重自然、爱护自然的生态文明理念，促进人与自然和谐共生。要牢固树立绿水青山就是金山银山的理念，加强生态保护和修复，扩大城乡绿色空间，为人民群众植树造林，努力打造青山常在、绿水长流、空气常新的美丽中国。

◎ 4月3日，中共中央总书记、国家主席习近平应约同老挝人民革命党中央总书记、国家主席本扬通电话。习近平指出，中国和老挝都是共产党领导的社会主义国家，在中国抗击疫情的关键时刻，总书记同志第一时间向我致函慰问，老挝社会各界给予中方兄弟般的真诚帮助，生动诠释了守望相助、同舟共济的中老命运共同体精神，中国人民铭记在心。当前老挝国内疫情防控面临困难，我十分牵挂。中方在最短时间内组派医疗专家组赴老工作，并提供医疗物资援助。中方将根据老方实际需要，继续向老方提供全力支持和帮助。相信在以总书记同志为首的老挝党中央坚强领导下，老挝人民一定能够战胜疫情。本扬表示，在习近平总书记亲自指挥和部署下，中国共产党发挥强大政治领导力，带领中国人民迅速有效遏制疫情，老方对此表示钦佩。中国共产党秉持人类命运共同体理念，同世界200多个政党发表加强国际抗疫合作的共同呼吁，中方并积极向有需要的国家提供宝贵支持和帮助，充分展现了负责任大党和大国的担当。老方诚挚感谢习近平总书记亲自关心老挝疫情，中方及时分享抗疫经验，迅速向老方派出医疗专家组和提供医疗物资援助，再次印证了老中双方患难与共、守望相助的深情厚谊。老方愿同中方加强政治互信，抓紧落实老中命运共同体行动计划，促进各领域务实合作，推动两国社会主义事业建设取得新的更大成就。

◎ 4月3日，国家主席习近平同纳米比亚总统根哥布通电话。习近平指出，在中国疫情防控形势最艰难时刻，非洲国家向中国提供了不少宝贵支持，我们对此铭记在心。我非常关心当前非洲疫情形势。中方克服困难，积极向非盟和非洲国家提供抗疫物资援助，组织专家视频会议交流经验，中国企业和民间机构也纷纷向非洲国家伸出援手。这些都是中非命运共同体的真实写照。中方将继续加大力度，对纳米比亚等非洲国家提供抗疫援助，分享防控经验，加强卫生领域合作，携手取得抗疫最终胜利。相信通过共同抗击疫情，中国同纳米比亚和非洲国家的友谊将进一步深化。中方愿同纳方一道，以今年两国建交30周年为契机，继续相互理解、相互支持，加强务实合作，推动中纳、中非关系迈上新台阶。根哥布表示，习近平主席带领中国人民有效抗击新冠肺炎疫情，展现了卓越领导力，得到了包括非洲国家在内的世界各国高度赞赏。在中国政府关心照顾下，500多名纳米比亚留学生在中国安然无恙。作为纳米比亚和非洲最好的朋友，中方向非洲国家抗疫及时提供宝贵援助和支持，我深表感谢。纳中关系亲密友好，双边合作不断拓展。纳方希望同中方加强政府、党际等各领域交流合作，学习借鉴中方在减贫方面的成功经验，不断推进纳中全面战略合作伙伴关系。

◎ 4月3日，为表达全国各族人民对抗击新冠肺炎疫情斗争牺牲烈士和逝世同胞的深切哀悼，国务院发布公告，决定2020年4月4日举行全国性哀悼活动。在此期间，全国和驻外使领馆下半旗志哀，全国停止公共娱乐活动。4月4日10时起，全国人民默哀3分钟，汽车、火车、舰船鸣笛，防空警报鸣响。

◎ 美国约翰斯·霍普金斯大学发布的数据显示，截至北京时间4月3日4时，全球新冠肺炎确诊病例达1002159例，死亡病例为51485例。

火神山医院的守护人

尹典和同事张健在火神山医院检查连接重症病房的排风管的密闭情况
（新华社 沈伯韩 摄）

尹典，土生土长的武汉人，是中建三局的一名80后员工。农历大年三十早上，他在家接到湖北武汉火神山医院的建设任务后，立即赶赴建设现场。他先后参与了该院建设技术组和给排水组的工作。

火神山医院正式交付后，随之而来的是医生和病人的入驻，医院正常运行需要维修保养人员做好后勤保障。2月3日，尹典在连续工作了10天后，又立即转任中建三局二公司机电维修保养组负责人，带领其他5名管理人员和6名工人，负责该院4个病区的机电维修保养工作。

在火神山医院，最为重要的机电维保工作分为两部分——一部分是针对病房的负压系统，因为负压病房一旦失去负压功能，病毒就会从病房里扩散并污染整个病区乃至周边环境，使医护人员和其他人员面临很大的感染风险；另一部分是针对电力系统，因为一旦出现故障断电，病房里呼吸机等治疗设备、照明设备、消毒设备等都会立即停止工作，带来的负面影响将难以想象。

因此，维保人员必须 24 小时在医院对面的指挥部待命，一旦有任务就要立刻进入现场施工，排除故障。尹典说："在火神山医院维保组，没有'明天'这个词，有什么问题必须第一时间处理，如果等到明天，可能就真的没有'明天'了。"此外，他们每天都要巡查电力设备是否正常，检查与负压病房相连的排风管系统是否稳固、是否有漏，消灭故障隐患。

对于火神山的维保人员来说，因为要进病房维修施工，工作风险要比普通的维保人员大得多。但他们克服困难，做好防护，按时按质完成维保任务。

尹典最大的心愿，就是火神山医院的医护人员能够安全完成治疗护理任务，离开这里。"火神山最后一个病人离开，我才会结束我的维保工作。"尹典说。

（本文主要编选自新华网等相关报道）

4月4日 中国·各地

◎ 4月4日,庚子年清明节,全国各地各族人民深切悼念抗击新冠肺炎疫情斗争牺牲烈士和逝世同胞。习近平、李克强、栗战书、汪洋、王沪宁、赵乐际、韩正、王岐山等党和国家领导人来到中南海怀仁堂前,佩戴白花,神情凝重肃立。上午10时,防空警报鸣响,习近平等向新冠肺炎疫情牺牲烈士和逝世同胞默哀3分钟。湖北武汉和全国各地群众静立默哀。汽车、火车、舰船与防空警报同时鸣响。

◎ 4月4日,国务院联防联控机制召开新闻发布会,介绍做好疫情期间粮食供给和保障工作情况。农业农村部相关负责人介绍,近年来我国粮食产量已连续5年稳定在1.3万亿斤以上,小麦和稻谷库存大体相当于全国人民一年的消费量,口粮绝对安全有保障。

◎ 世卫组织实时统计数据显示,截至欧洲中部时间4月4日18时,目前全球已有207个国家和地区出现新冠肺炎病例,中国以外超过97万例。

这一刻，举国同悲！举国同心！举国同进！

4月4日，北京天安门广场降下半旗，表达对抗击新冠肺炎疫情斗争牺牲烈士和逝世同胞的深切哀悼。（《人民画报》董芳 摄）

"有事叫我，我来。"这句话，是武汉市蔡甸区人民医院医生夏思思的口头禅。无论谁有什么急事，一个电话，她总会及时出现。

1月的一天，值完夜班的夏思思听说有位70多岁老人病情加重，马上返回医院参与救治。"当时这位病人已高度怀疑是新冠肺炎患者，思思也知道，可她依然选择回来。"医院消化内科主任邱海华哽咽道。

1月19日，夏思思突感乏力并出现发热症状，住院治疗的她却还牵挂着医院的情况，想早日重返岗位。2月23日凌晨，与病魔顽强抗争了一个多月的夏思思，在29岁的年纪，永远地离开了这个世界。

疫情发生至今，如夏思思一般在危难时刻挺身而出的中华儿女还有很多。他们当中有医务工作者，有公安民警，有社区工作者，还有志愿者……在这场没有硝烟的战斗中，他们舍生忘死、前赴后继，把热血和生命都献给了国家和人民，把无尽的缅怀与思念留在了神州大地。

今天，全国和驻外使领馆下半旗志哀，全国停止公共娱乐活动，以表达全国各族人民对抗击新冠肺炎疫情斗争牺牲烈士和逝世同胞的深切悼念。

早上，天安门广场国旗升起后举行了下半旗仪式。

5时54分，国旗护卫队官兵迈着铿锵的步伐，跨过金水桥，穿过长安街，在庄严肃穆的国歌声中举行天安门广场下半旗仪式。

广场上观看升旗仪式的各界群众面向国旗庄严肃立，大家摘下帽子，双手垂立，低头默哀。

中南海怀仁堂前气氛庄严肃穆，门楣上悬挂着黑底白字横幅"深切悼念新冠肺炎疫情牺牲烈士和逝世同胞"。习近平等佩戴白花，来到这里，神情凝重面向国旗肃立。

上午10时整，防空警报鸣响，汽车、火车、舰船鸣笛，举国默哀3分钟。

在湖北武汉，江水缓缓流淌，长江大桥上车辆齐声鸣笛。在汉口江滩一元广场，树木葱郁，牺牲烈士和逝世同胞家属、医护人员、社区工作者、志愿者等社会各界500人胸前佩戴白花，参加悼念活动，所有人共同肃立、默哀。

在南京，雨花台烈士纪念碑广场上，人们身着黑衣，手持黄色菊花，向疫情中牺牲烈士和逝世同胞表达哀思。在通往纪念碑的台阶上，黄色和紫色的花朵拼出"缅怀"二字。

在沈阳的辽宁大厦，100余名对口支援湖北襄阳的辽宁医疗队员4日解除医学隔离。10时，他们暂停搬运回家的行李，在宾馆广场列队，向疫情中牺牲烈士和逝世同胞默哀。

……

短暂的3分钟，180秒，承载着人们的无限哀思与悼念，承载着对生命价值的崇扬，承载着生者继续勇毅前行的使命。

在这个庚子清明，我们为抗疫烈士和逝世同胞默哀。中国以国之名祭奠新冠肺炎遇难者，让我们看到了中国对个体尊严与生命的尊重与敬畏，也读懂了14亿中国人集体情感释放背后的团结与力量。

这一刻，时间静止。这一刻，举国同悲！举国同心！举国同进！

（本文主要编选自新华网、《人民日报》等相关报道）

4月5日 中国·武汉

◎ 4月5日，国务院联防联控机制召开新闻发布会，介绍医疗物资质量管理和规范市场秩序的情况。商务部相关负责人介绍，为深化国际合作，加强医疗物资出口质量监管，3月31日，商务部会同海关总署、药监局发布《关于有序开展医疗物资出口的公告》。如医疗物资出口出现质量问题，将发现一起，查处一起，严控出口质量，切实维护"中国制造"的形象，更好发挥医疗物资对支持全球疫情防控的作用。

◎ 4月5日，中国政府向菲律宾派遣的抗疫医疗专家组抵达菲律宾首都马尼拉，中方捐赠的一批防护用品、医疗设备和中成药等抗疫物资也随机抵达。此次医疗专家组由国家卫健委组建，福建省选派，一行共12人。

◎4月5日,美国约翰斯·霍普金斯大学发布的最新数据显示,全球单日新增确诊病例数首次超过10万例,累计确诊病例数已超过120万例。数据显示,全球4日新增确诊病例超过101500例。截至北京时间5日14时44分,全球累计确诊病例达1203923例,累计死亡64795例,累计治愈247273例。

战斗到最后一刻

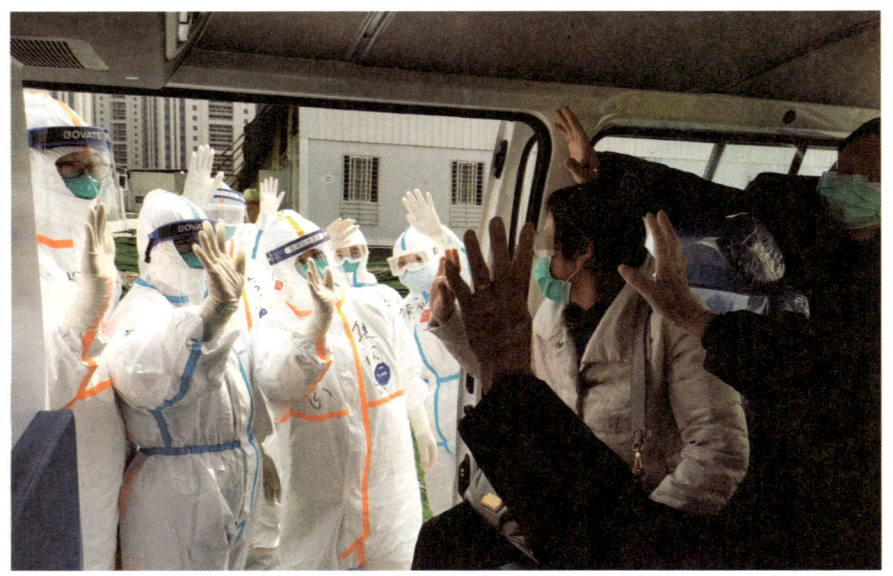

4月4日,上海第八批援鄂医疗队队员送别最后一批患者。随着在雷神山医院所负责病区的最后一批患者康复出院,上海第八批援鄂医疗队472名队员将于4月6日离汉返沪。(高翔 摄)

截至4月4日,武汉仍在院治疗的新冠肺炎患者648例,其中重症171例、危重症96例,均在定点医疗机构接受隔离治疗。

大局已定。然而,为了这648位患者,有这样一群白衣战士仍在坚守,继续与死神赛跑。

从1月25日起,中国工程院院士黄璐琦率领第一支国家中医医疗队来汉,进驻金银潭医院,成为第一个接管重症病区的中医医疗队。截至3月30日,在金银潭医院,黄璐琦院士团队共收治重症和危重症患者158人,140人治愈出院。黄璐琦率队研发的化湿败毒方,在最新第七版诊疗方案中,被列入新冠肺炎重症患者推荐用药处方。

留下来再战的还有张伯礼。

1月27日，中国工程院院士张伯礼被中央疫情防控指导组急召飞赴武汉后，作为中央指导组成员，一直战斗在武汉抗疫前线。

2月14日，张伯礼作为中央指导组中医药专家，挂帅中医"国家队"接管江夏方舱医院。在方舱医院，患者主要喝中药汤剂，同时辅以太极拳、八段锦等方法来康复。3月10日下午，江夏方舱医院正式"休舱"。在该方舱医院出院的500多名患者中，无一例转为重症。

留下来再战的还有王辰院士、乔杰院士、陈薇院士。

"除了我们自己所服务的同济医院中法新城院区，也有很多其他医院的危重症患者在往我们这儿转，成为重症患者的集中收治点。"3月31日，中国工程院院士乔杰带领的北京大学三医院团队137名医护人员，仍然坚守在武汉一线救治危重症。

留下来再战的还有全国十余支医疗队，他们仍坚守在武汉医疗救治第一线。他们说，会战斗到最后一刻，"站好最后一班岗，坚持到最后的胜利！"

（本文主要编选自《长江日报》、《人民日报》等相关报道）

4月6日　中国·各地

◎ 4月6日,中共中央政治局常委、国务院总理、中央应对新冠肺炎疫情工作领导小组组长李克强主持召开领导小组会议。要求持续抓好疫情常态化防控,进一步防范陆地边境疫情跨境输入,动态优化企事业单位防控措施,有力有序推进复工复产。

◎ 4月6日,中共中央政治局委员、国务院副总理、中央指导组组长孙春兰率中央指导组赴武汉大学调研,研究促进高校毕业生就业和校园疫情防控工作。

◎ 4月6日,在国务院联防联控机制新闻发布会上,中国民航局有关负责人表示,3月4日—4月3日,民航局共安排11架次临时航班协助在伊朗、意大利和英国的1827名中国公民回国,接回人员以留学生为主。

◎ 当地时间4月6日，意大利民事保护部公布统计数字显示，截至当天18时，意大利24小时新增新冠肺炎确诊病例3599例，新增病例连续两天下降。

服务全球抗疫的"云上医院"

3月17日,中国医生正通过微医全球抗疫平台为海外同胞提供免费在线咨询服务。(人民视觉 龙巍 摄)

"我非常担心我所在的城市……"3月16日凌晨2时40分,微医集团上线的"微医全球抗疫平台"收到了一条开场特殊的咨询。这条信息来自意大利萨丁尼亚省萨萨里市一位名叫Luca Varcasia的全科医生。

在搜寻关于新冠肺炎医疗防疫的信息时,中国驻意大利大使馆推介的微医全球抗疫平台(中英文版)进入了Luca的视野。于是,他把萨萨里市的严峻形势和同事们对疫情防护问题的困扰详细写了下来,通过微医平台向中国同行发出了一封跨越山海的"求援信"。收到求援的微医平台迅速联系上了Luca,并邀请武汉协和医院感染科主任医师赵雷为意方开展远程咨询。

3月18日20时,一场中国医生与意大利同仁跨越7个时区的对话,在微医全球抗疫平台上展开。赵雷详细回答了Luca和同事们提出的7个疫情防控问题。"赵医生和微医带给我和同事的这些信息,对我们来说都是'纯金'。"Luca在咨询结束后说。

赵雷在武汉一线传授的这份"中国经验",不仅帮助了意大利同行,来自荷兰、印度等另外9个国家的用户也收看了这场直播,国内外观看人次过万。截至3月29日,已有7667名中国医生在微医全球抗疫平台集结,累计服务了来自149个国家的260多万用户。

在中国企业搭建的全球抗疫咨询平台中,海外华侨华人留学生也是重要的服务对象。京东健康推出"全球免费健康咨询平台",专门开设了心理求助热线。海外同胞如在疫情期间出现紧张、焦虑情绪或强迫症状等,可拨打热线电话,享受免费心理疏导服务。此外,京东平台还专门设立了由30多名中医专家组成的"中医抗疫专区"。

"换一种方式帮助更多患者答疑解惑,利用我们的专业指导他们管理好自己的身体,这是中医人的责任担当。"在京东平台上提供义诊服务的中医内科医生陈松琴说。通过这一平台,在国内疫情救治中发挥重要作用的中医药走出国门,给予更多海外用户实实在在的帮助。

新冠肺炎疫情在全球迅速蔓延,世界各国急需获得中国抗击疫情和医疗救治等方面的有效经验,借助中国科技企业的技术力量,中国经验、中国方案搬到了线上云端,为早日遏止疫情发展增添了一份希望和力量。

(本文主要编选自新华社、《人民日报海外版》、北青网等相关报道)

4月7日　中国·武汉

◎ 4月7日，国务院总理李克强主持召开国务院常务会议，推出增设跨境电子商务综合试验区、支持加工贸易、广交会网上举办等系列举措，积极应对疫情影响努力稳住外贸外资基本盘；决定延续实施普惠金融和小额贷款公司部分税收支持政策。

◎ 4月7日下午，国务院总理李克强应约同荷兰首相吕特通电话。李克强表示，当前中荷都面临新冠肺炎疫情挑战。中方愿同包括荷兰在内的国际社会加强合作，做好疫情防控，共同维护全球公共卫生安全。疫情期间，两国政府和人民相互支持和帮助。中方愿为荷方通过商业渠道从中国采购和运输急需的医疗物资提供便利，将继续严把出口产品质量关。希望荷方切实保障在荷中国公民特别是留学生的安全和生活便利。吕特表示，感谢中方对荷方抗击疫情给予的支持和便利，这体现了双方肩并肩共克时艰的友好情谊。荷兰对中国生产的防疫物资质量有充分信心，将保障好在荷中国公民的安全便利。荷方愿继续同中方加强合作，推动两国关系持续发展。

◎ 4月7日，中共中央政治局委员、国务院副总理、中央指导组组长孙春兰再次召开会议，研究部署4月8日解除离汉通道管控后各项工作，督促疫情防控各项举措落实，并率中央指导组前往车站、商场、超市、饭店等，考察疫情防控情况。

◎ 截至4月6日24时，我国本土无新增确诊病例，无新增疑似病例，无新增死亡病例，本土重症病例首次降到200例以内。

◎ 据美国约翰斯·霍普金斯大学发布的数据，截至北京时间4月7日16时，美国累计死亡病例突破1万，达到10993例。美国也成为继意大利、西班牙之后，第三个死亡病例超1万例的国家。目前，美国"灾难状态"地区累计达到47个。

◎ 4月7日，日本首相安倍晋三为应对新冠病毒疫情发布紧急事态宣言，宣布东京、大阪、埼玉、千叶、神奈川、兵库和福冈7个都道府县进入紧急状态，有效期限至5月6日。

致敬英雄的武汉人民

4月7日，开启了灯光照明的武汉黄鹤楼。当日，随着武汉解除离汉通道管控进入倒计时，全市开启了城市景观照明，夜色中的武汉美不胜收。（新华社 李贺 摄）

今天是4月7日，是武汉关闭离汉通道的第76天，也是武汉"解封"倒计时1天。

2020年1月23日，这座素有"九省通衢"之称的城市，因为新冠肺炎疫情而史无前例地宣布"封城"。

"封一座城，护一国人。"在本该喧闹的时节，900万武汉市民宅家坚守。每扇紧闭的门窗背后，都是特殊的战斗。居家不出，就是一种无声的奉献与抗争。

虽然原本熟悉的生活被按下了"暂停键"，但与生命有关的一切都在"加速奔跑"。

"我报名！""我熟悉，我来！"……铿锵话语，伴随白衣执甲，逆行出征。

6万余名武汉本土医务工作者和4.2万名从全国各地驰援的医疗队员并肩作战,与时间竞速,与病魔赛跑。在最需要的地方,白衣战士以生命赴使命,成为千万武汉人的依靠。

与城市共同进退、生死相守的,除了白衣战士,还有广大社区工作者、公安民警、基层干部、志愿者等。

无数个深夜,陪同病人赶往医院的武汉市汉阳区龙阳街芳草社区书记杜云想得最多的是:"车子能快点到,快点到,那是病人的希望。"

每天60多公里,35岁的快递小哥朱红涛一遍又一遍穿过人影寥寥的街头,不仅为送包裹,还为身上的多份"兼职"——当社区采购员、给老奶奶买药、为宠物喂食。"只要我们还在跑,武汉就不会停下来。"

4.45万名党员干部职工下沉到13800多个网格;1.9万名民警迎难而上践行着"人民公安为人民"的誓言;3.6万名"城市美容师"坚守岗位,努力将洁净的样子还给城市……

每位武汉人,如同钻石的每一个切面,都闪耀着自己独特的光。他们在疫情严峻的时候或挺身而出,或默默坚守,尽力拯救这座深爱的城市。

3月17日,首批踏上返程的陕西国家紧急医学救援队队员崔雅清噙泪回望这座城市时说:"武汉真的挺难的,但是我们国家都扛过去了,武汉人民真的很英雄。"

经过艰苦卓绝的努力,武汉作为全国疫情的重中之重和决胜之地,接连传来好消息:截至4月4日,无疫情小区占比98.4%;截至4月6日24时,重症患者已经从最高峰的9000多例下降到181例;从首次出现无确诊病人的3月18日以来,除了有2天各有1例确诊病人外,其他都无新增病例……

最艰难的时候已经过去了,英雄的武汉人民和他们英雄的城市一起闯关夺隘,走出了阴霾。

致敬英雄的武汉!致敬英雄的武汉人民!

(本文主要编选自《人民日报》文章《壮哉,大武汉》相关报道)

4月8日　中国·武汉

◎ 4月8日，中共中央政治局常务委员会召开会议，听取新冠肺炎疫情防控工作和全国复工复产情况调研汇报，分析国内外疫情防控和经济运行形势，研究部署落实常态化疫情防控举措、全面推进复工复产工作。中共中央总书记习近平主持会议并发表重要讲话。习近平指出，当前我国疫情防控阶段性成效进一步巩固，复工复产取得重要进展，经济社会运行秩序加快恢复。同时，国际疫情持续蔓延，世界经济下行风险加剧，不稳定不确定因素显著增多。我国防范疫情输入压力不断加大，复工复产和经济社会发展面临新的困难和挑战。面对严峻复杂的国际疫情和世界经济形势，我们要坚持底线思维，做好较长时间应对外部环境变化的思想准备和工作准备。要统筹推进疫情防控和经济社会发展工作，外防输入、内防反弹防控工作决不能放松，经济社会发展工作要加大力度。要坚持在常态化疫情防控中加快推进生产生活秩序全面恢复，抓紧解决复工复产面临的困难和问题，力争把疫情造成的损失降到最低限度，确保实现决胜全面建成小康社会、决战脱贫攻坚目标任务。

◎ 4月8日晚，国家主席习近平同南非总统拉马福萨通电话。习近平指出，中国发生新冠肺炎疫情后，南非政府和社会各界以多种形式对中方表达慰问和支持。"同志加兄弟"是我们两国两党特殊友好关系的标志。中方坚定支持南非抗击疫情努力，愿根据南非需求，继续提供力所能及的帮助，同南非分享防控经验，加强医疗卫生领域合作。相信在总统先生领导下，南非政府采取一系列应对举措会取得积极成效。我们鼓励中国在南非侨民积极支持配合南非抗疫行动，希望南非政府高度重视并维护好他们生命安全和身体健康以及合法权益。中方愿同南非增进政治互信，在涉及彼此核心利益和重大关切问题上相互理解、相互支持，推动双边合作取得积极进展，加强在金砖国家、二十国集团等框架内合作。拉马福萨表示，中方采取果断有力措施，已经控制住疫情，为其他国家树立了榜样，提供了有益借鉴。感谢中方长期以来为南非和非洲提供各种支持，特别是在当前困难时刻为南非和非洲国家抗击疫情提供宝贵援助，这对南非和非洲国家非常重要，增加了我们战胜疫情的信心。我愿同你一道努力，落实二十国集团特别峰会共识，推动全球加强团结合作。南非将继续在涉及中方核心利益的问题上支持中方，坚定推进南中和非中关系发展。

◎4月8日晚，国家主席习近平同土耳其总统埃尔多安通电话。习近平指出，当前，新冠肺炎疫情在全球蔓延，土耳其也面临严峻挑战，我代表中国政府和中国人民向土耳其政府和土耳其人民表示诚挚慰问和坚定支持。经过艰苦卓绝努力，中国人民刚刚度过了最困难时期，正在加快恢复生产生活秩序。我们重视提高医疗防疫物资生产能力，努力为全球抗疫提供尽可能多的物资保障。中方已经向土方援助了一些抗疫物资，并安排两国医疗卫生专家进行视频交流，分享抗疫经验。中方愿根据土方需要继续为土方抗疫提供帮助，并为土方在华采购医疗物资提供协助和便利。相信在总统先生领导下，土耳其一定能够战胜疫情。埃尔多安表示，抗击新冠肺炎疫情是人类正在面临的共同战争。中国人民经过英勇努力，战胜了疫情，为世界树立了榜样。中国全力为世界生产提供医疗抗疫物资，使世界深受鼓舞。土中两国人民相互支持，彼此友谊历久弥坚。感谢中方为土方抗击疫情提供支持，并为土方在华采购医疗物资提供便利。土方希望同中方加强贸易、金融、航空等领域务实合作。祝愿疫情过后中国更加繁荣、人民更加幸福。

◎4月8日，中共中央总书记、国家主席、中央军委主席习近平给武汉市东湖新城社区全体社区工作者回信，再次肯定城乡广大社区工作者在疫情防控斗争中发挥的重要作用，向他们致以诚挚的慰问，并勉励他们为彻底打赢疫情防控人民战争、总体战、阻击战再立新功。

◎ 经中央批准，从4月8日零时起，武汉市解除离汉通道管控措施。

◎ 4月8日，在国务院联防联控机制新闻发布会上，工信部相关负责人表示，目前我国医用防护服、医用防护口罩、医用隔离眼罩／面罩、测温仪、呼吸机产能已基本满足国内需求。

◎ 据美国约翰斯·霍普金斯大学发布的实时统计数据显示，截至北京时间4月8日6时30分左右，全球新冠肺炎确诊病例超过140万例，共计1414738例。

武汉，重启

4月8日，武汉市正式解除离汉离鄂通道管控措施。几十组在武汉动车段经过检修消杀的动车组，即将重新启程。（新华社 肖艺九 摄）

4月8日0时50分，离开武汉的第一班火车从武昌火车站开出，驶向广州。"封城"76天后，武汉终于恢复与其他城市的自由流动。

这个长江、汉江的交汇点，长江中游的磅礴码头，这个面积8467平方公里、人口1400万的中国中部最大城市，在"关闭"了两个半月之后，正在缓慢重启。

歇业多日的早餐店门口重新排起长队，一提面下锅，蒸腾起雾气，人们摘下口罩，端着热干面边走边吃。一个年轻人，吃了一碗生烫牛肉细粉，"感觉他都要吃哭了"，吃完以后，又买了5个面窝，说要带回去给父母。

最近这一周，外卖员陈锋跑了200单外卖，是疫情期间低谷时的两倍。尽管距离平日的一周400单仍有距离，但他确信，城市在复苏。证据是,他和同行无法再一人一条车道,路上偶有顶着一头落叶的车辆发生剐蹭。

最近这一周,人们出门复工复产复市。许多人坐上了公交车,坐上了地铁,听到了熟悉的嗡嗡声和轰轰声。有人听到上车时的那一声"嘀",听到久违的报站声,落下泪来。

重回到城市生活的武汉人,一方面倍感珍惜,一方面也深感这和熟悉的生活、熟悉的武汉,还是不一样了。过去熟悉的生活,现在看上去仍像是一个梦,需要一步步地去实现。

4月8日,武汉东湖绿道,市民悠闲散步。(《人民画报》徐讯 摄)

关是一瞬间,考验的是果敢的决断,是坚定的执行力;开是一步步,考验的是周密的部署,是精准的科学管理。

离汉通道管控解除了,但打开城门不等于打开家门——"非必要不外出""不聚餐不聚集",小区的封控管理仍要继续。一边生产生活,一边防控疫情,这将是一种新的常态。

公交车都设置了安全员,地铁线都设置了扫码,以便流调追踪。医院恢复,推行网上挂号、预约就诊,现场就医须先作健康排查。走进各大商圈、商场、购物中心,会看到排队距离提示线,会在入口、洗手间、扶梯、电梯闻到熟悉的消毒水气味。所有的公共场所,都需要体温检测进入,避免人群聚集。

武汉复工复产复市乃至复学,整个现代都市生活的重启,将以差异化策略,分区分级、分类分时、有条件有步骤地进行,要科学精准、落实落细,要极具耐心。

经此一役,城市治理体系存在的一些问题,从未如此醒目。武汉需要一场城市治理体系的变革。社会治理短板如何补齐?公共卫生应急管理如何完善?超大城市现代化治理新路如何探索?……

这些都不只是武汉特有的问题,而是现代城市的共同课题。

大城重启是个宏大系统。城市重启升级的最大意义,在于使整个城市治理体系升级。重启键要按成升级键,而不是恢复键。

城市重启还是精神重启,人的重生。重生的武汉人,将创造未来的武汉,塑造未来的城市品格。

城门一关一开,武汉人的凝聚力更强。历史上从没有过这样的一种共情,让千万人在一个压缩的空间和时间中有这么多的共同经历。

城门一关一开,武汉人的公德意识更强。历史上从没有过这样的一个事件,让一城人都明白了一个至理:保护自己就是保护他人,你安好便是我安好。

城门一关一开,武汉人的纪律性更强。他们经历了一场奇特的考验,无须强制就遵守了必要的约束。

城门一关一开,武汉人的自治能力更强。有自发、有自觉、有组织,人们团结起来,守望相助、并肩作战、命运与共,共持一个小区,共建一个社区,共成一个社会。

城门一关一开,武汉人的忍耐力更强。城市气质有所沉稳,人民精神更加坚强。

城门一关一开,武汉人更懂得珍惜。谁能忘记医院门口曾经长龙一样望不到头的队伍?谁能忘记心有不安却仍要幽默达观的日

4月8日,武汉鹦鹉洲长江大桥车流如织,城市生命活力呈现。(人民视觉/图)

子？谁能忘记"为武汉拼过命"的一队队白衣战士？谁能忘记以命搏命，最后将生命献给了这个城市的一个个平凡英雄？

大城重启，不是回到原来的武汉了，而是要创造一个新武汉，一个立足在未来世界中更好的武汉。城市在重启，武汉将一天一个样，变化会徐徐展开；而武汉人在砥砺中，仍在奋力前行！

（本文主要编选自《长江日报》、《中国青年报》等相关报道）

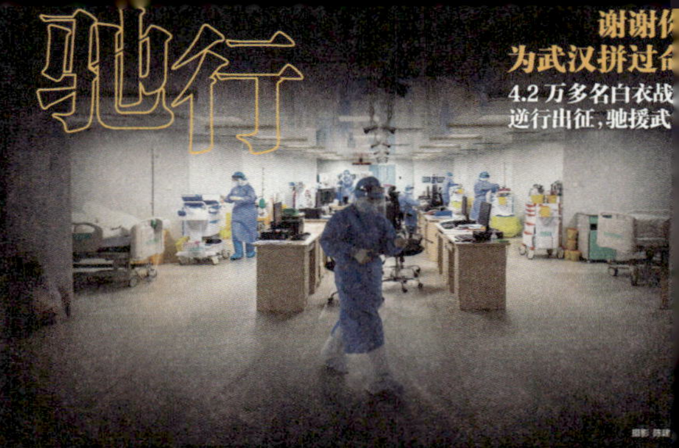

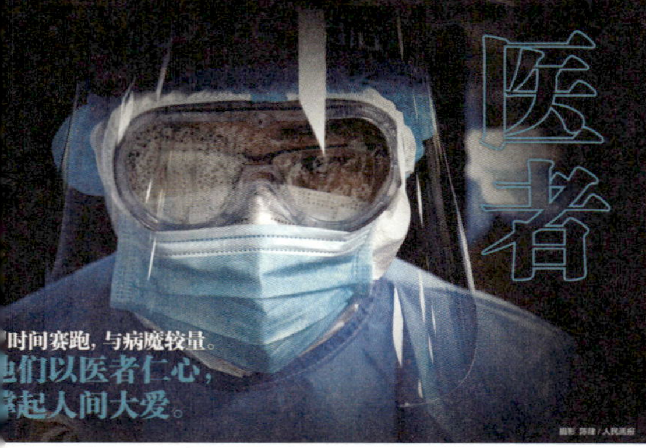

武汉 76 天的 16 个瞬间

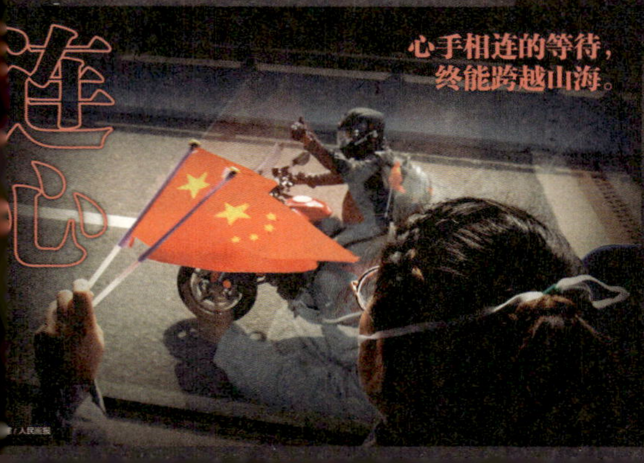

暂停 — 1月23日10时起，武汉被按下暂停键，但全国14亿人与留在武汉的市民并肩作战，共守江城

驰行 — 谢谢你为武汉拼过命，4.2万多名白衣战士逆行出征，驰援武汉

医者 — 时间赛跑，与病魔较量。他们以医者仁心，撑起人间大爱。

坚守 — 鏖战的不仅有英雄，更多是平凡人的不平凡的作为，为无数家庭撑起希望，守护病倒的城市。

新生 — 重症病房到方舱医院，个个生命被托起，个个希望在传递。

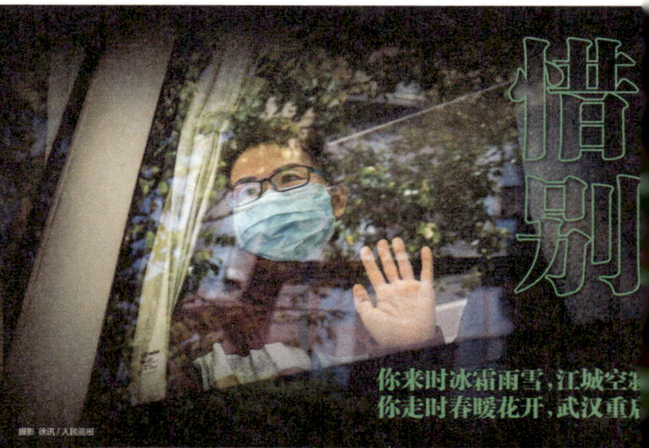

惜别 — 你来时冰霜雨雪，江城空；你走时春暖花开，武汉重生

连心 — 心手相连的等待，终能跨越山海。

铭记 — 铭记那些久盼春光的日子，铭记那些深埋凛冬的遗憾，怀着希冀与思念。

暖春绚烂

春光未老，
繁花还在。
从凛冬到暖春，
所有的等待都值得。

人间烟火气，最抚凡人心。
有了流动的人，
城市有了生命和希望。

市井日子

市井百态，寻常生活
那个熟悉的
武汉回来了

家人团坐
灯火可亲

平常的日子
是这座城市
复苏的印记。

本篇图文选自《人民画报》一线报道"十六张图片，十六个难忘瞬间！"
（《人民画报》迟淼 制作）

复工开动车通

力全开，
市的复苏
入了经济的活力

蓄势待发的不仅有高铁动车，
还有江城的豪气与干劲。

76个日日夜夜，
在彼此守望中，
甘苦共担，
终于迎来了江城的重启

隔离取消
交通打通
武汉"解封"

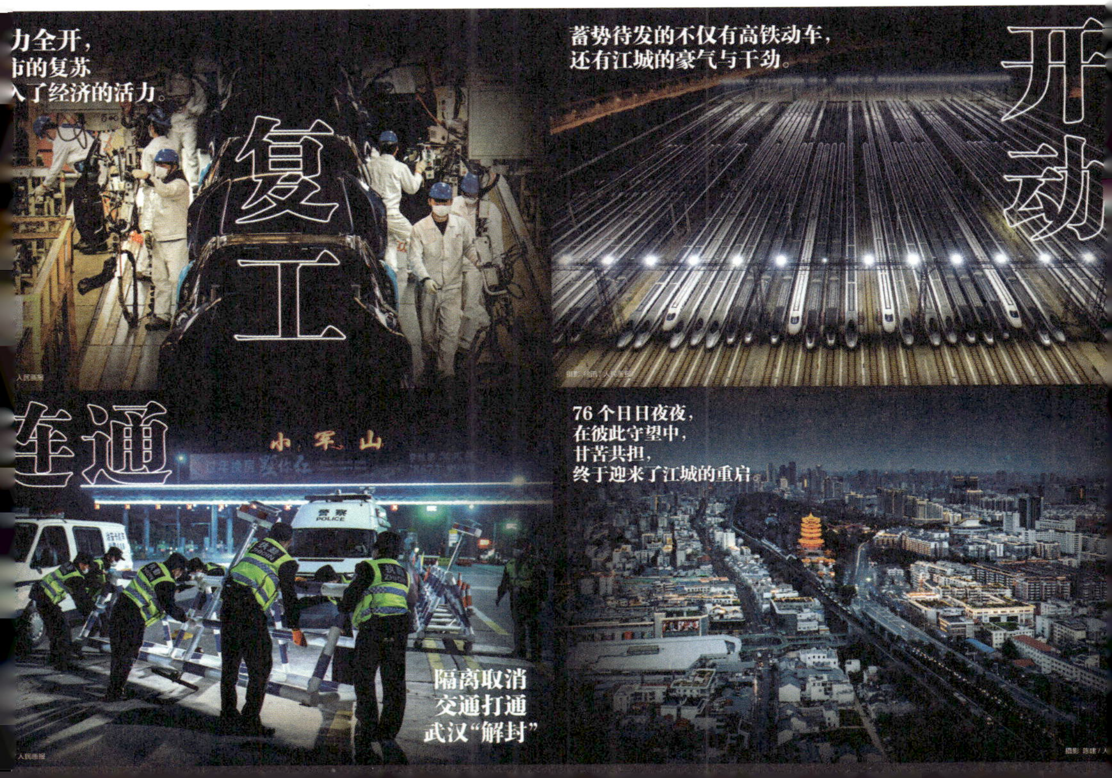

编者的话

从 1 月 23 日凌晨武汉关闭离汉通道，到 4 月 8 日重启，这段举世瞩目的回归路，走了整整 76 天。

这 76 天，习近平总书记亲自指挥，亲自部署。从"全国一盘棋"到"最吃劲的关键阶段"，从"拐点尚未到来"到"外防输入、内防反弹"……号令一出三军动，大年初一起密集召开的高层会议，应时而动、周密部署、科学研判；总书记多次考察地方，每一次都与疫情最新态势和战略部署息息相关。

这 76 天，中国采取最全面、最严格、最彻底的防控举措，14 亿人民同舟共济，众志成城，同疫情展开顽强斗争，付出了巨大的代价和牺牲。

这是一次危机，也是一场大考。这次大考没有旁观者，14 亿人中的每一个你我都是答卷人，都是应考者。

2 月底，我们编辑出版了《中国战"疫"日志》第一辑，记录了 1 月 23 日到 2 月 23 日这一阶段的中国战"疫"情况。随着中国防疫阻击战的深入以及国际共同战"疫"情况的发展，我们继续跟踪记录"战疫"故事，并有了这本《中国战"疫"日志》第二辑。

在这两本书中，我们没有采用宏大的叙事视角，我们记录的都是"那个人"的故事：那个接受采访时硬核发言"一线岗位全换上党员，没有讨价还价"的人；那个身患渐冻症且妻子被感染,仍然在抗疫一线奋战的人;那个每天做将近1000份盒饭,专门供给医护人员的人;那个排了12个小时队,买齐了居民们100多份药,然后挂满身的人;那个穿着棉大衣,在疫情检查站变成"雪人"的人;那个主动报名参加新冠疫苗临床试验的人;那个等火神山最后一个病人离开,才会结束维保工作的人……

他们是亲历者,他们也是这个时代的英雄。

我们希望将此记录下来,记录下一座城市的坚持,一个国家的坚韧,以及14亿人民的信念和团结。

2020年,磨难,奋起,这一段不期而至的战"疫"历史,必将深深铭刻在中华民族的记忆中,成为我们民族发展进步的新的精神力量。一个善于从灾难中总结经验和教训、汲取智慧和力量的民族,必将变得更加强大;她在灾难中失去的,也必将在自己的进步中获得补偿。

致敬武汉!

致敬中国!

致敬全人类的团结和不屈!

外文出版社本书编辑组

2020年4月8日

致　谢

在迄今为止两个多月的时间里，广大媒体人不畏艰险、深入一线采访报道。他们用纸和笔、用镜头和话筒，让世界客观全面地了解我国疫情和防控情况，记录下一幕幕一线抗击疫情的感人事迹。作为出版人，我们深表敬意。

本书主要编选自各类媒体的报道和记述，我们编辑出版本书中、外文版，就是希望能尽一份出版人的初心和责任，及时记录和传播这段不凡的历史，让海内外读者能在第一时间比较全面了解中国抗疫的真实情况。

由于编写时间仓促，信息也在不断更新变化，书中难免有不尽全面、准确的地方，敬请读者谅解。特别是书中取材来不及事先征得相关媒体及版权方授权，在此深表歉意并致以谢忱。

鸣谢（排名不分先后）

新华社 新华网 人民网 学习强国 中国网 光明网 环球网 央广网 北青网 长江网 中国新闻社 中国记协网 中央纪委国家监委网站 每日经济新闻 中国经济网 中国电力新闻网 《人民日报》《人民画报》《人民日报海外版》《湖北日报》 《长江日报》 《广州日报》 《北京日报》 《科技日报》 《经济日报》 《中国报道》 《北京周报》 《今日中国》《人民中国》《中国青年报》《北京青年报》《华西都市报》 《中国新闻出版广电报》 《南方周末》 《中国新闻周刊》 共青团中央微信公众号 百万庄通讯社 第一财经 新闻联播 焦点访谈 央视新闻 中国之声 等

上述鸣谢机构不尽完备，敬请谅解。我们将尽可能联系到各位并支付使用费，也敬请我们漏谢和未联系上的相关版权方与我社联系，以便我们敬补鸣谢和使用费。

再次对这场抗疫战斗中挺身而出的所有媒体和记录者致以崇高的敬意和谢忱。

图书在版编目(CIP)数据

2020中国战"疫"日志. 第二辑 /《2020中国战"疫"日志》编写组编. -- 北京：外文出版社, 2020.4
ISBN 978-7-119-12337-0

Ⅰ. ①2… Ⅱ. ①2… Ⅲ. ①新闻报道—作品集—中国—当代 Ⅳ. ①I253

中国版本图书馆CIP数据核字(2020)第058168号

出版指导：陆彩荣
策划统筹：徐 步 胡开敏 许 荣 于 瑛 王 洋
责任编辑：杨 璐 刘倩雯
封面设计：一瓢文化 · 邱特聪
装帧设计：吾昱设计
印刷监制：秦 蒙

2020中国战"疫"日志

第二辑

本书编辑组

© 2020 外文出版社有限责任公司
出 版 人：徐 步
出版发行：外文出版社有限责任公司
地　　址：中国北京百万庄大街24号　　邮政编码：100037
网　　址：http://www.flp.com.cn　　电子邮箱：flp@cipg.org.cn
电　　话：86-10-68998085
　　　　　86-10-68995852
印　　刷：环球东方（北京）印务有限公司
开　　本：787mm × 1092mm　1/16
印　　张：14
装　　别：平装
版　　次：2020年4月第1版第1次印刷
书　　号：ISBN 978-7-119-12337-0
定　　价：49.00元